クローバー・リーフをもう一杯

今宵、謎解きバー「三号館」へ

円居挽

Madoy Van

角川書店

目次

クローバー・リーフをもう一杯

今宵、謎解きバー「三号館」へ

装画・本文カット／小倉マユコ
ブックデザイン／須田杏菜

京都。この古都でしか存在できない不思議な伝説を信じるか？
俺は信じている。あくまで条件付きでだが……。

クローバー・リーフをもう一杯

cocktail recipes 1

Clover Leaf
クローバー・リーフ

ドライジン……45ml
グレナディンシロップ……15ml
レモンジュース……15ml
卵白……1個分
ミントの葉……1枚

あれは四月の中頃のある土曜日の話だ。

俺、遠近倫人《とおちかりんと》は桜の舞い散る中、新入生らしくサークルの新歓イベントに参加していた。

八坂《やさか》神社、知恩院と見て回った俺たちはすぐ近所の円山《まるやま》公園に連れてこられた。時刻は午後三時過ぎ、花見の客も少し落ち着く時間帯だ。

「はいはい、じゃあ次はあっちや」

桜並木と花見客の間を縫うようにして、会長の大溝さんが新入生たちを引率する。

賀茂川乱歩《かもがわらんぽ》は京都大学の公認サークルで、主に京都市内を歩き回ることを目的にしている。他大生も歓迎しているが、何故か定着する会員は京大生ばかりだそうだ。

俺は京都に来てまだほんの十日、京都にも散歩にも興味はなかったが、古い友人に誘われたというのもあり、何となく足を踏み入れてしまった。

「あれがあの有名な祇園《ぎおん》枝垂れ桜や」

そう言った大溝さんが見上げた先には一際大きな桜の樹が立っていた。柳のように垂れた枝々から、滝が流れるように桜の花が咲き誇っている。

「綺麗《きれい》やろ。まあ、俺もこれ知ったん大学入ってからやけどな」

なるほど、人並みの審美眼しか持ち合わせていない俺の眼にも祇園枝垂れ桜は美しく映った。桜の樹の下には屍体《したい》が埋まっている、と書いたのは梶井基次郎《もとじろう》だったか。京都の学生ならこの桜を見ていたに違いない。いかにも詩的なインスピレーションを与えそうな美しさだ。

「だからな、京都に住んでると案外観光スポットって行かへんねん。で、誰かに案内して言われた時に困るんや。その点、このサークルにおったら安心やで」

大溝耕平さんは医学部の二回生。顎《あご》にうっすらと髭《ひげ》を乗せても爽《さわ》やかに見えるタイプで、ありていに言えばハンサムだった。その上、実家は金持ちと来ている。言うまでもないが、よくモテるそうだ。

「会長、この桜と縁の深い幕末の偉人っていますか？」

歴史に興味があるらしい女子が手を挙げて質問すると、大溝さんが苦笑いした。

「……もう限界や。歴史的、文化的背景は副会長の方が詳しいんやって」

副会長というのは文学部二回生の千宮寺《せんぐうじ》麗子《れいこ》さんだ。和服の似合う京美人で、今日はお稽古《けいこ》事のためにイベントを欠席している。

そして、新入生に大っぴらに説明してはいないが、大溝さんの恋人でもあった。

「副会長も夜のコンパには来るからそん時訊《き》き」

大溝さんはここまで適当なトークを交えながら、各名所を案内してきたが、あまり深く突っ込んだ説明はしてこなかった。おそらくは苦手なのだろう。

「そん代わり、俺だけのとっときの話をしよか……」

大溝さんは急に真剣な表情になると淡々とした口調で語り始めた。

「あのさ、誰に言っても信じてもらえへんねんけど、去年不思議な体験したんや。木屋町《きやまち》の方で飲んだ帰り、歩いて帰るのもしんどいからってヤサカタクシー捕まえてん。四つ葉のやつな」

ヤサカタクシーが業界でどんな位置にいるのか、はるばる東京から来た俺には解らないが、きっと京都ではそれなりにメジャーなのだろう。

「夜やから道も空《す》いててな。ぱーっと百万遍《ひゃくまんべん》に着いて、降りようとしてふと外見たら、何か学生と機動隊が押し合いしてんの。あ、ここ何十年も前の京大やって思ったわ。慌てて戻して下さいって言ったら運ちゃんも黙って車出してな。どこ連れてかれんのかなって震えてたらまた元の木屋町や。ちゃんと現代やってこと確認したら、金払って飛び降りた。またタクシー乗るの怖かったから寒い中、歩いて帰ったわ。名付けて四つ葉怪談やな」

そこで笑いが起きる。言っていることは他愛のない冗談なのだが、人を引きつける話術を持っているのだ。流石《さすが》に新歓期の会長という大役を務めるだけのことはある。

「いつまでここに突っ立ってるつもりだ。アホなこと言ってねえで先行くぞ」

東横進《とうよこすすむ》が腕組みしながら大溝さんを促す。

東横は俺を賀茂川乱歩に誘った男で、中学高校で六年つるんだ仲だ。現在は工学部電気電子工学科の二回生で、俺の浪人で一年ブランクができてしまったから、今は東横の方が先輩になる。

だが大溝さんは東横に対して食い下がった。

「マジなんやって。いやー、証拠に角棒とか貰《もら》ったら良かったな」

「角棒はタクシーに入らんだろ。写メ撮れよ」

「ホンマや！」

傍目《はため》には同回生が仲良く戯れているように映るが、根がきっちりしている東横は大溝さんのことが苦手らしい。まあ、先輩にして楽しい人物が同回生にして楽しいかどうかはまた別問題か。

「会長、ちょっといいですか」

大溝さんに質問したのは新入生の青河《あおか》さんだった。綺麗なボブカットを揺らして、神妙な面持ちで手を挙げている。

「おう、どした？」

彼女、青河幸《さち》さんは理学部の一回生で、他人を驚嘆させるような聡明さとどこを見ているのか解らないような危うさが同居した不思議な女の子だった。

「さっきのタクシーはどこで乗れるんですか？」

まるで授業で教授に質問するかのような、至って真面目な口調だった。そこに揶揄《やゆ》する調子はなく、周囲も反応に困っていた。皆、どうせ冗談に決まっているのにと言いたげな顔をしている。

だが流石は会長、すぐにこう切り返した。

「どやろな。また乗れるかどうか……とりあえず四つ葉のタクシーを捕まえたら乗ってみ。

もしかしたらタイムトラベルができるかもしれへん」

青河さんに恥を掻《か》かせないためか、大溝さんが冗談めかしてそう答える。

「青河さんはこういう不思議な話好き系？」

「はい。京都に来たのも、ここに来れば何か不思議なことに出会えるんじゃないかって思って」

そう真顔で語る彼女を周囲はどこか生ぬるい眼で眺めていた。そう、俺以外は……。

もう俺がこのサークルにいる理由が解っただろう。俺は彼女に恋をしているのだ。


大溝さんの提案でしばらく自由時間になった。青河さんとの距離を縮める絶好の機会のはずなのだが、生憎《あいにく》男子校出身の俺には女性との距離の詰め方が解らない。気さくに、さりげなく近づけば問題ないと解っているのだが、眼に見える形で誰かに好意を示すのが恥ずかしいのだ。

ふと誰かが近づいてきた気配を感じて顔を上げると東横だった。一人でいる俺を見かねたらしい。持つべきものは親友だ。

だが東横は開口一番、俺にこう言い放った。

「お前、青河さんに惚《ほ》れてるんだろ？」

俺は思わず周囲を見回した。幸い俺たちの近くには誰もいなかったが、俺は思わず声のトーンを落としてこう言った。

「……まさか、みんなにばれてるのか？」

東横は黒縁のフレームを中指で持ち上げると、意味ありげに笑ってこう言った。

「長い付き合いだから解るだけだ。安心しろ、お前は上手《うま》く誤魔化してる方だと思う」

「良かった」

「後はせめてもう少し他の新入生に興味を持ってくれ」

図星だ。未《いま》だに青河さん以外の新入生をロクに覚えてない。まあ、全員残るわけでなし、サークルに定着した後でも遅くはないと考えているのだが。

「しかし灰原《はいばら》さんじゃないのが意外だよ」

灰原花蓮《かれん》は経済学部一回生、やや目つきはきついが、燃えるような赤毛に洋風の整った顔立ち、そしてスタイルの良さは男の眼を引きつける。彼女が美人ということについては誰も異論を挟まないだろう。もしかしなくてもハーフのような気がする。

そして案の定、サークルの男子は皆灰原に夢中らしい。今だって男連中はどうにかして灰原とお近づきになろうとしている。

もっとも灰原の方はまるでゴミでも見るような眼で彼らを遠ざけているような気がするのだが、気のせいだろうか。

「もの凄《すご》く気が強そうだったからな。ああいうタイプは好かん」

「じゃあ、どうして青河さんなんだ？」

「……いくら親友でもそればかりは語れん。今はまだな」

「解った。じゃあ欲張って、二股《ふたまた》って手もあるぞ。青河さんと灰原さんでどうだ？」

「遠慮させてくれ」

「二股のコツって知ってるか？　可能な限り、どちらの女にも同じことをするらしい。そうすると、うっかり一方の女にしたことを口にしてばれることがないそうだ。実際にやってる奴から聞いたから間違いない。忘れっぽくてもなんとかなるらしい」

　そう言うと東横は誰かを捜すように周囲を見回した。

「全く知りたくない情報をありがとう」

「でも決断は早くしないと、後で泣きを見るぞ」

「二股のか？」

「告白だよ。いつ頃行くかぐらいは考えとけ。なんだかんだで大学デビューに成功したお前はそこそこイケてる新入生だぜ……ああ、大溝の奴バックれやがった。油断も隙もあったもんじゃねえな。じゃあ、また後でな」

　東横は俺の肩をポンポン叩《たた》いて離れると、参加者たちに号令をかけた。いつの間にか集合時刻になっていたらしい。

「よし、一通り名物は見たんで、今からコンパまでは完全に自由時間だ。だが忘れるな。コンパに着くまでが新歓、いやコンパこそが新歓だ！　皆、間違えず来るように。道に迷ったり、なんかあったら俺の番号に電話しろよ」

なんだかんだで東横は新歓を上手いこと仕切っている。

「では一旦《いったん》解散。トーチカ、あと青河さんにはちょっと用事を申しつけたいので、すぐに俺のところに来てくれ」

他の新入生や上回生が思い思いの方角へ散っていくのを眺めながら、俺は東横の差配に心から感謝していた。何を考えているのか、何とはなしに解ったからだ。

「お前、頼りになるな」

「号令ぐらい誰にだってできる。どうせ大溝もコンパには帰ってくるから大丈夫だ。で本題に入るが、二人にはちょっと買い物して欲しいんだ。これリスト」

差し出されたリストにはあぶらとり紙、櫛《くし》、お茶、八つ橋など、ベタな京都名産が並んでいた。

「帰省土産か?」

「違うわ。今日のコンパでやるビンゴの賞品だ。別にトーチカ一人に運ばせても良かったんだが、なんか可哀想になってな。青河さん、指名して悪いんだけど、手伝ってくれるかな?　重いのは全部トーチカに持たせればいいし、タクシーチケットもあるから移動は楽だよ」

別に断られたところでダメージはないに等しいというのに、俺は手に汗を握って青河さんの返答を待っていた。

「私は大丈夫です」

俺は青河さんの後ろでほっと胸を撫《な》で下ろした。


祇園の四条《しじょう》通には様々な店がひしめいていた。

もっと何百メートルと続いているのかと思っていたがそんなことはなく、端から端まで本当に目と鼻の先という感じだった。おそらくは裏に他にも色々な店があるのだろうが、多分学生には縁がない場所だろう。

四月のこの時期は観光客も多いわけで、なかなか二人並んでゆったり歩くというわけにもいかず、人を避けるので精一杯だ。

あれよあれよと時間は過ぎ、ただ買い物だけが増えていく。青河さんと一緒に居られるのは嬉《うれ》しいが、二人の距離が縮まったとはとても言えない。

そうか、コンパの会場まではタクシーだ。だったらそこでゆっくりと話せばいいじゃないか……。

そんな消極的なことを思っていると、最後の店である本家西尾《にしお》八ッ橋に辿《たど》り着いた。

「じゃあ、行ってくるね」

荷物を抱えた俺が青河さんを見送って入り口でぼんやりとしていると、灰原が滑り込むように店に入って来た。まるで何かから逃れるような様子だ。

灰原は俺に気がついてぎくりとしていたが、すぐに棚の向こうにしゃがんだ。

するとと、ほどなくして見た顔がまたやって来た。名前は忘れたが、同じ新入生の男だ。どちらかと言えばスポーツマンらしい風貌《ふうぼう》をしている。

「灰原さん見なかった？」

どうやら灰原狙いらしいが、必死過ぎやしないだろうか。

「店の前を通ったな。川端《かわばた》通の方に歩いて行った」

「そうか。ありがとな！」

男は人混みを掻き分けながら游《およ》ぐように去って行った。

もしかすると……俺にもあのぐらいの図々しさが必要なのかもしれない。そんなことを考えていると、棚の向こうから灰原が姿を現した。

「……一応、お礼を言っておくわ。えーと、トーチカだっけ？」

そのアクセントで呼ぶのは東横ぐらいだけどな。

「ああ。なんだ、その、大変そうだな」

俺の軽口に、灰原は苦笑いしながらこう応《こた》えた。

「そうなの……だから私のこと、好きにならない方がいいわよ」

俺が女でも絶対に言えそうにない台詞《せりふ》だ。多分、誰かから愛を受けるのにも、誰かに愛を向けるのにも慣れっこなのだろう。

「了解。お前の負担増やしても仕方ないしな」

正直なところ、俺は灰原にあまり興味がないし、それよりは青河さんと一秒でも長く話していたいと思っている。

「アンタ、誕生日いつ？」

「今月。もう終わった」

「あら、私も今月誕生日だから私の方が歳上だと思ったんだけど。見かけによらないのね」

「悪かったな……そもそも一浪してるから俺のが上だ」

灰原は俺の言葉に更に大袈裟《おおげさ》に驚いてみせた。どういう意味だ。

「……ねえ、私が急にいなくなってもびっくりしないでね」

「なんだよいきなり？」

「私の居場所はここじゃないかもってね」

まるで未来人の言い草だ。

「例のヤサカタクシーを捕まえたら未来に帰れるかもな」

「未来、それも悪くないわね」

冗談で言ったのだが、真に受けたようだ。

「あ、四つ葉！」

いきなりそう叫んだ灰原が指したのは店の前より少し西、そこにはルーフの上のランプに四つ葉のマークが描かれたヤサカタクシーが停まっており、左後部のドアを開けて客が乗り込むのを待っていた。

「本当に来るなんて。じゃあね」

そう言い残すと灰原はさっと飛び込むように乗り込む。

「お待たせ。あら、灰原さん四つ葉のタクシーを捕まえたの」

買い物を終えた青河さんが出てきた。どこから見られていたのか不明だが、少なくとも灰原がタクシーに乗り込むところは見ていたらしい。

そしてタクシーは静かに発進していった。俺は左後部座席に見える灰原の赤毛と緑地に白字の『京都500き0112』のナンバープレートが視界から遠ざかっていくのを眺めていた。

俺は時計で時間を確認した。四時四十五分過ぎ、そろそろ会場へ移動してもいい頃合いだ。

「……京都500、きの0112ね」

俺が移動を切りだそうとすると、青河さんがぼそりとそう呟《つぶや》いたのが耳に入った。

「ん、もしかして今の車のナンバープレート？　よく覚えたね」

放っておけばすぐに蒸発しそうな記憶だったが、今のでしっかりと焼き付いた自信がある。何故なら青河さんが極上の笑みを浮かべていたからだ。

「うん、綺麗な数列だったから。すっと入って来たの」

数列に綺麗だなんて感情を抱いたことのない俺としてはなんとコメントしたものか解らなかったが、なんとなく解ったような顔で肯《うなず》いて、こう提案した。

「俺たちも会場の方に行こうか」

青河さんも時計を見て「そうね」と言ったので、通りかかったヤサカタクシーを捕まえて四条烏丸《からすま》まで移動することにした。

運転手が裏道を通ってくれたお陰で特に渋滞に巻き込まれることもなく、すんなりと四条烏丸まで辿り着くことができた。

待ち合わせは大丸の裏としか指定されておらず、合流できるか不安だったが、すぐに東横を発見できたので、問題なく任務完了と相成った。

青河さんが見ているというのに、意味ありげな笑みを浮かべて景品を受け取る東横に蹴《け》りを入れたくなったが、恩義を思い出してどうにか堪《こら》えた。

それから五分すると、例のタクシーが待ち合わせ場所に現れた。『京都500き0112』のナンバープレートに四つ葉のマーク、間違いなくあのタクシーだ。どうやら俺たちは途中で追い越したらしい。しかし渋滞があったとはいえ、ここまで来るのにやけに時間がかかったものだ。

だがタクシーから降りてきたのは着物の京美人、千宮寺麗子さんだった。

俺が自分の記憶を辿っていると、続いて支払いを済ませた大溝さんが降りてきて、混乱に拍車をかけた。

「あれ？　二人ともどうしたん？」

千宮寺さんが着物姿なのは稽古の帰りだからだろう。だが、今はそんなことどうでもいい。

「どうして千宮寺さんが?」

「ウチ、土曜はお茶習《なろ》てんの。で、さっき終わったから川端三条の交差点まで大溝君に迎えに来て貰ったんや」

大溝さんは「付き合《お》うとるから当然や」と悪戯《いたずら》っぽい表情で付け足して、千宮寺さんを赤面させた。だが、俺たちが知りたかったのはそういうことではない。

「いやー、うまい具合に四つ葉のタクシーが捕まって良かったわ。ええ誕生日の記念になった」

ということは大溝さんが姿を消したのはこれが理由か……だが、待て。状況的に考えて大溝さんは灰原の降りたタクシーを捕まえたことになる。

「大溝さん、灰原見かけませんでした?」

「灰原? あの子どうかしたんか?」

俺は灰原が例のタクシーに乗り込む一部始終を説明した。

「見間違いやないの?」

千宮寺さんが不思議そうに首を傾げる。

「俺、苦労して四つ葉のタクシー捕まえたけど、灰原は見んかったなあ」

俺はつい苦笑してしまった。それで新歓から消えたのか。東横が聞いたら怒るだろう。

「でも、間違いありません。私も遠近君も見ました」

青河さんが強い調子で言い切る。まあ、二人で見たから余計に間違いではないと思えるのだろう。

「うーん、灰原が降りて時間が経ってたんですかね。ところでタクシーには何時頃に乗ったか覚えてますか?」

俺はしっかりしてそうな千宮寺さんにそう訊《たず》ねてみた。

「川端三条でタクシーに乗ってすぐに時計を見たけど、四時四十五分やったで」

これはどういうことなのだろうか。俺たちは確かにその時刻に灰原を見送った。だが、千宮寺さんが嘘をついているとも思えない。

果たして灰原は新歓コンパに姿を現さなかった。


うまい具合に青河さんと縁ができたと喜んでいたのだが、肝心の青河さんは新歓コンパが始まっても俺の隣でしきりに考えこんでいた。灰原の消失がまだ引っかかるらしい。

「何か解る?」

俺は首を横に振る。

「いや、全然。まさか例の時空を超えるタクシーに乗ってしまった筈《はず》はないけど……まあ、一度その件は忘れて新歓を楽しまない?」

「そうね。でも昔から不思議なことが気になる方なの」

隣の青河さんの様子を窺《うかが》っているせいで少しもコンパに集中できなかった。

小一時間が経過した頃、大溝さんが突然千宮寺さんに対して小箱を差し出した。

「はい、というわけで副会長誕生日おめでとう」

「何もこんなところで出さんでも……」

千宮寺さんは照れくさそうに笑う。

「つけたるわ」

千宮寺さんが眼を瞑《つむ》って左手を差し出すと、大溝さんは箱から取り出した腕時計を千宮寺さんの手首につけた。

「つい張り込んでカルティエ買ってしまったわ。しばらくまたバイトに精を出さんと」

「アホやな。こんなに張り込まんでええのに。でも、気持ちは嬉しいわ」

「ところで誕生日に四つ葉のタクシー乗った気分はどうやった？」

少し言葉に詰まってから、俯《うつむ》いてこう言った。

「……最高やった。お陰で時間が早《は》よ過ぎたわ」

「ちなみに四つ葉のクローバーの花言葉は、『私のものになって下さい』やで。ってこれタクシーでも言うたな」

男性陣の一部がやってられんという顔でそっぽを向いた。だが、俺は幸福のお裾《すそ》分《わ》けは嫌いではない方だ。だからどこか微笑ましい思いで千宮寺さんを見つめていた。

「じゃあ、俺はそろそろ行くわ」

宴が盛り上がり始めた頃、大溝さんはそう断って腰を浮かせた。まだ七時にもなっていないというのに、そんなことを言う大溝さんを俺はどこか呆《あき》れた思いで見つめていた。

「早くないですか?」

「バイトやバイト。恋人にプレゼント買って、後輩に奢《おご》ったら金欠にもなるやろ。あ、これ会費」

一万円を幹事に渡しながら、帰り支度をする大溝さんに俺はふとこんなことを訊ねた。

「そういえば灰原と連絡取れました?」

「あっ、忘れとったわ」

そんなこともあったね。そう言いたげな表情だ。

「遅れても合流すると思ってたし」

向こうに座っていた東横が瞬間、苛《いら》ついたような表情を覗《のぞ》かせる。東横が大溝さんを嫌う理由の一端が解った気がする。

「なんなら今ここで電話してみるか」

そう言って大溝さんは鞄《かばん》から新入生の連絡先が書かれたルーズリーフを取り出した。携帯電話を片手に番号を押そうとしていたようだが、一向に操作する気配がない。それどころかしきりに首を捻《ひね》っている。

「おかしいな。ないで」

「ない?」

「ないねん……ほら」

大溝さんの周囲の人間が一斉にルーズリーフを覗き込む。すると、どうしたわけか灰原の連絡先の欄だけが空白になっていた。


翌日の日曜日、俺は青河さんと二人で祇園界隈《かいわい》をうろうろしていた。

新歓コンパの席で悩み続ける青河さんに、明日改めて二人で事件現場を再調査しようと提案したのだ。俺にしては勇気を出した方だが、果たして上手く行った。

俺はコンパから帰ってすぐに自宅で髪を染め直した。実質的にはデートのようなもの、張り切るなという方が無理だ。

そして実家から送られてきた高級ジャケットをおろし、ポケットには古本屋で買った梶井基次郎の『檸檬《れもん》』を忍ばせる。多少ジャケットが窮屈だが、背に腹はかえられない。

そのようにキメて行ったものの、青河さんはずっと上の空のようで、デートらしいイベントが何一つ起こらない。

少しだけ予定のステップを省略して、俺は用意しておいた台詞を今思いついたかのように口にした。

「そういえば昔、河原町《かわらまち》通沿いに丸善《まるぜん》があったんだ」

「丸善って何？」

青河さんはとぼけている風もなく、そう問い返す。お陰で俺は自分が早速躓《つまず》いたことに気がついた。俺は眉間《みけん》に指をやって、すぐに次の対応を考える。

「そ、そんな本屋があったんだ。で、梶井基次郎って俺たちの大先輩が昔、丸善をレモンで吹き飛ばそうとしたんだ」

「……柑橘《かんきつ》類から爆薬って合成できたかしら？　その人、理系じゃないわよね？」

あまりの噛《か》み合わなさに愕然《がくぜん》としたが、よくよく青河さんの表情を観察すると、どうやら上の空のようだった。そんなこと、話しかける前に気がつくべきじゃないか。

桜の樹の下には屍体が埋まっているだなんて気取った引用をしてもはかばかしい成果はないと判断した俺は、次のプランへ移行することにした。

「こ、ここらで落ち着いて喫茶店に行かない？」

俺は四条通沿いにある適当な店を指差しながらそう提案した。

「そうね。少し疲れたし、脳に糖分をあげるのにちょうどいいわ」

店に入ると、すぐに外からガラス越しに丸見えの席に案内された。知り合いに見られたら気まずいなと思いつつ、目の前の席に座る青河さんを少し誇らしく感じる。

「……全然手がかりが増えなかったわ」

青河さんは運ばれてきたコーヒーにざらざらという音が聞こえてきそうなほど砂糖を流し入れながら、そうぼやいた。

「もしかして三号館を捜した方が早いのかもしれないわね」

「そう、三号館。東横さんに教えて貰ったんだけど、遠近君は知ってる?」

「三号館?」

俺は肯いた。その話なら東横から聞かされたことがある。

三号館とは校舎ではなく、バーの名前だ。京大のキャンパス内のどこかで営業しているらしいが、その場所は誰も知らない。要は都市伝説だが、それよりはずっと狭い範囲の話だ。東横だって元はと言えば吉田寮で同室の先輩から聞いたという話だから、知っている人間は随分と限られているだろう。

「どんな悩みでも解決するバーって話だよね?」

なんでも三号館のマスターに相談すると悩みが解決してしまうという噂があるそうだ。それで時折、有志によって三号館を捜すツアーが組まれることもあるとか。

「……気になるわ。宣伝もしてないし、営業してると言っても金銭的な利益はたかが知れてるわよね。何か他に目的があって開店してるのかもしれないわね……」

「あの、青河さん?」

青河さんが深く考え出したので、俺は慌てて彼女を現実に引き戻す。

「ごめんなさい。こういうことを考え出すとつい夢中になっちゃうの……ところで昨日の四つ葉タクシーの件、遠近君には何か考えがあるの?」

俺は黙って肯くと、レモンティーを一口飲んで、こう答えた。

「俺が考えるに、灰原の連絡先が消えていたのは大溝さんの仕業じゃないかな。今は摩擦熱で見えなくなるインクだってある。そもそも連絡先一覧を管理してたのは大溝さんだから細工する余地はいくらでもあった筈だよ」

身も蓋《ふた》もない意見だが、他に合理的な解決が思いつかない以上仕方がない。だが、青河さんは俺の意見に肯いてくれた。

「私も会長を疑うのが早いという点については同意するわ。けど、そう考えると会長が何のためにそんなことをしたのか、そして何よりどうやってああしたのか、解らなくなるのよね」

俺は自分の想定通りに議論が進んでいることに内心ほくそ笑んだ。

俺が青河さんをデートに誘ったのも勝算があってのこと、実は昨晩の段階で仮説は用意できていたのだ。

「謎があったら双子の存在を疑え。そんなセオリーを知ってるかな?」

そう教えてくれたのはあるミステリ作品だが、今回のケースはそのセオリーを使うと合点がいくのだ。

「ううん。詳しく聴かせて」

食いつきは良好。俺は頭の中に用意した続きを口にする。

「俺が思うに、タクシーは二台あったんだ。ナンバープレートが『京都500き0112』の車両と『京都500さ0112』の車両が。俺たちが祇園で目撃したのは『京都500き0112』の車両ではなくて、ナンバープレートに一本線を細工して

『さ』を『き』にした『京都500さ0112』の車両だったんじゃないかなって」

青河さんはしばらく考え込んでいたが、首を傾げる。

「確かにそう考えると辻褄《つじつま》は合いそうだけど、肝心の動機は何なのかしら」

「あれは大溝さんが自前の四つ葉怪談に箔《はく》をつけるための狂言だったんじゃないかな。そのために灰原という架空の学生と二台のタクシーを用意した。見せる相手は誰でも良かったけど、たまたま俺たちが選ばれた。それがこの事件の真相だよ」

俺の解答を聴き終えた青河さんが瞬きをする。だが瞬間、再び開かれたその瞳《ひとみ》には失望の色が宿っていたような気がした俺は堪《たま》らず感想を訊ねる。

「……どうかな？」

青河さんは少しだけ考える素振りを見せたかと思うと、俺に申し訳なさそうな表情でこう告げた。

「もしかしたら知ってるかもしれないけど、ヤサカタクシーの四つ葉の車両って、たったの四台って言われてるの」

俺は思わずガラス越しに外の通りの方を見てしまう。ほどなくして三つ葉のヤサカタクシーが通り過ぎるのが視界に入った。

「その希少性から世間では幸運のタクシーって呼ばれてるらしいわ。だから四台しかない車両のナンバープレートが一文字違いの可能性は低いんじゃないかなって」

四つ葉が特別とは初耳だった。やたら四つ葉四つ葉と強調されるのが引っかかると思ったら……。

「と、とにかくヤサカタクシーに問い合わせればきっとはっきりするよ」

しかし青河さんは神妙な顔で首を横に振る。

「実はその可能性は私も考えたの。けど、ヤサカタクシーは四つ葉の車両については情報を非公開にしてるの。実際、電話予約もできないぐらいだから」

そういえば昨日の大溝さんも四つ葉のタクシーをわざわざ捕まえたと言っていた。電話予約ができないから当然じゃないか……。

四月にしては寒い夜だった。噂に聞いていた盆地の寒さは確かに厳しい。俺はジャケットの前を気持ちかき合わせて歩いていた。

青河さんは家庭教師のバイトがあるとかで、五時過ぎに三条京阪《さんじょうけいはん》で別れた。あわよくば食事でもと思っていた俺は一人寂しく歩いて帰った。

迷いながら歩いていたのもあって、京大に辿り着いた時にはもう夜になっていた。

夜のキャンパスは意外と明るい。おまけに演劇サークルの学生たちが発声練習をしているため、子供の頃に抱いていたような夜の学校への恐怖が甦《よみがえ》ることもなかった。

俺はなんとなく、まだ通ったことのない道を選んで歩くことにした。別に何かを期待したわけじゃない。ただ、吉田キャンパスを通って帰ろうと思ったことに、三号館の話が影響していないと言えば嘘になる。

吉田南総合館の南側を歩いていた時、ふと何かが視界の端をかすめた。俺は足を止めて周囲を見回すと、総合館の一室に違和感を覚えた。電気が点《つ》いていない他の部屋と比べて、そこだけ暗い輝きが発せられているような気がする。

三階の東から四番目の部屋、それだけ覚えると俺はその部屋へ入るプランを立てた。

夜の総合館は施錠されている。院生なら学生証をリーダーに通せば解錠できるのだが、学部一回生の俺には勿論《もちろん》そんな権限は与えられていない。

だけど、今夜このまま帰ったら眠れなそうだ。それに青河さんへの手土産になる話も欲しい。俺は腹を括《くく》って、ドアの一つを少し離れた場所から監視することにした。ドアはガラス張りだし、廊下の窓もしっかり見える。誰かが外へ出ようとしたらすぐに解る筈だ。

息を潜めて機会を窺って十五分、廊下を歩く院生らしき男の姿を捉《とら》えた俺は静かにドアへ駆け寄った。

運が味方したのか、男とほぼ同時にドアの前に到着した。そして俺は今まさにカードを取り出そうとしているという態を装って、ドアの向こうで男が施錠を解除するのを待つ。

数秒の間があって、解錠の音を聞いた時は思わず安堵《あんど》のため息が漏れそうになった。

「お疲れ様です」

俺が軽く頭を下げると向こうも反射的に会釈した。特にこちらには興味がなさそうな様子だ。俺は男と入れ違いに侵入すると、さりげなく階段を上った。法を犯したという罪悪感よりも情熱が俺の背中を押していた。

三階に到達し、すぐに南側の真っ暗な廊下を進む。幸運なことに、三階の南側に並んだ研究室はほぼ留守のようだった。

しかし、よく見るとドアに嵌《はま》った磨りガラス越しに一室だけ微《かす》かな光が灯《とも》っているような気がする。いちにさんし……念のために数えてみたが、確かに東から四番目の部屋だ。

そっと四番目の部屋に近づいて眼を凝らすと、そこには小岩研究室とあった。何のしるしかは解らないが、ドアにはメモ用紙大のサクラ色の紙が一枚貼られている。

俺の中の冷静な部分が今ならまだ間に合うと言っていた。実際、新入生がこんなところまで来て間違えましたでは済まないだろう。

俺は祈るような思いでドアノブに手をかけた。せめて外れなら鍵《かぎ》をかけておいてくれ……。

ドアは抵抗なく開いた。俺がおそるおそる覗き込むと、粘るような闇の中でバーのカウンター席が暖かそうな灯《あか》りに照らされていた。

そしてカウンターの向こうには和装の若い女性が立っていた。部屋の奥でぼうっと光る彼女は魅力的で、サークルのいかなる女性よりも美しいように思えた。

「あら、そんなところに立ってないで入っておいで」

なんとも心地の良い声だった。俺は魅入られたようにカウンターまで吸い寄せられた。

「いらっしゃい。初めましてだね」

その声は疑問系ではなく、確信を持って発せられたのが解った。俺はカウンターの一席に座りながら素直に肯く。

「はい、法学部の遠近倫人です。外から灯りが見えたもので」

「私は蒼馬美希《そうまみき》」

本名かどうかは怪しかったが、それでも俺は良い名前だと思った。

「この三号館のマスターよ」

三号館、まさか本当に営業しているとは……だが、待てよ。ここは小岩研究室の筈だ。間取り的には研究室であったとしてもおかしくないが、こんな本格的な設備、どこから降って湧いたのだろう。

俺は急に窮屈さを思い出して、ジャケットを脱ぐ。そして隣の席に置こうとすると、彼女が手を伸ばしてきた。

「預かるよ」

申し出を断る理由はない。俺は素直にジャケットを差し出した。だが、うっかり蒼馬さんの手に触れてしまい、俺は慌てて手を引いた。別に純情ぶるつもりはないが、それでも遥《はる》か格上の人間相手に恐れ多いと思ったのだ。

「紳士なのね」

蒼馬さんは苦笑交じりにそう言うと、カウンター脇のクロークに仕舞った。

「ところで、ここをどこで?」

蒼馬さんはカウンターの向こうで何かを注ぐ手つきをしながらそう訊ねた。

「友達に聞いてきました」

流石に息が白くなるほどではなかったが、室内も案外寒い。俺は二の腕をさすりながら蒼馬さんにこう申し出た。

「……あの俺、バーなんて来たの初めてで……それに酒のこともよく解らないんで、何かオススメをいただけますか？」

俺の申し出に彼女はにっこりと笑って肯いた。

「とても新入生らしいね。まあ、デートの憂さ晴らしになるといいけど」

俺の心臓は早鐘を打った。初対面の蒼馬さんに昼間の醜態を把握されている訳がない。

落ち着け、落ち着くんだ……。

「どうしたの？　もう成人でしょうに」

俺は危うく立ち上がりそうになった。

「……当てずっぽうですよね？　確かに俺は成人してますけど、そんなこと見ただけで解りますか」

「簡単な推理だよ」

「簡単な筈がありませんよ。まずどうして俺が新入生だと解ったのか、一年浪人していることが解ったのか、そして何より成人してることが解ったのか……」

少しムキになってまくし立てすぎた。俺が軽く後悔していると、蒼馬さんは不敵な笑いを見せてこう言った。

「デートのこともね。一つずつ行きましょう……コンタクトの度、合ってないでしょう」

「なっ！」

「その眉間に指をやる癖、メガネをかけてた時の名残じゃない？　そこからそう思ったまでだよ」

それはまさにその通りだった。俺が言い当てられて驚いていると、蒼馬さんがひょいと俺の髪を持ち上げた。

「やっぱり髪も自分で染めてるね。けど、ちょっとだけ斑《まだら》になってる」

摘まんでいるのは照明に透かすためか。俺は思わず自分の頭に手をやって蒼馬さんの手を払った。

「ほんの少しブリーチ液が香るね。昨夜か今朝自分で染め直したのかな」

「……昨夜です」

「メガネの癖と染め慣れていない髪に、答えは明らかだ。君は大学デビューの新入生以外にない」

第一問、正解だ。

「しかし大学デビューの割には服装に無理した感がないね。張り切って一張羅を買ったのではなく、着回しの利くそこそこの普段着を何着か揃えたんだと思うけど違うかな？」

図星だった。家のクローゼットにはGAPとユナイテッドアローズで揃えた服が詰まっている。

「必死に勉強したというよりは、そういうファッションを見慣れていて、自分に似合うものを無理せず選んだという感じだね。そして君の標準語のアクセント、実に綺麗だ。地方出身者が無理して話すのとは違う、まっとうな標準語だ。都会の子だね。おそらく君は東京の私立高校出身、さらに言えば中高一貫の男子校かな。共学出身はそこまで奥手じゃないしね」

魔法のように俺という人間が解体されていく。それは恐ろしくもあり、心地よくもあった。世間で生きていて、これだけ自分を理解される瞬間なんて存在しないだろうから。

「そういえば、最初に君は友達から聞いてきたと言ったね。けど、新入生が三号館を知っている筈がない。故に君の友達というのは、大学以前からの付き合いだが、大学では学年が上の人間ではないかって考えた」

「高校の時の同級生です。正確には六年一貫だったので中学から一緒ですが……」

「三号館のことを知っているということは……吉田寮生か、吉田のサークルの子かな？」

「寮生です」

「以上、君が浪人生であると考えた根拠だ」

第二問、クリア。

「そして君を二十歳と見た理由は、君が今月既に誕生日を迎えていたと思ったからだ」

「そこです。そこまで解る筈がありません」

「君はこの部屋に入ってジャケットを脱いだが、それにもかかわらず寒そうにしていた。寒いなら着ていればいいのに、おかしいじゃないか。これは寒さよりも我慢できないことがあったと考えるのが妥当だろう……例えばサイズが合わないとかね」

そう言って彼女はクロークから俺のジャケットを取り出して、タグを眺めてみせる。指摘通り、あのジャケットはサイズが合わずに窮屈だった。

「ジャケットはポール・スミスの高級品だ。それもまだ新しい。だが、微妙にサイズが合わずに着心地が悪い。高い買い物なのに哀しいじゃないか……もう解るだろう。サイズが合わないということは店頭で君自身が試着しなかったからだ」

またしても正解、なんなんだこの人は！

「このジャケット、おそらく定価は五万ぐらい。仮にセール品だとしても二万か三万かな。学生が親友や恋人から贈られるにしては高すぎる。故に東のご両親からの誕生日プレゼントだと当たりをつけた」

「新しいからって、今月送られたものとは限らないでしょう」

そう反論する俺に、蒼馬さんはジャケットの後ろ側を見せた。そして中央の分かれ目を摘まんでこう言う。

「生憎、後ろのしつけ糸がついたままだ。これでおろしたばかりだと解った。実家でおろしたのなら、ご母堂が指摘したんじゃないかな」

そう言うと蒼馬さんはいつの間にか持っていた糸切りバサミでしつけ糸を切った。俺は訳も解らず「恐縮です」とカウンターに向けて呟いた。

「ではおまけだ。何故、窮屈なジャケットを今日着る気になったのか……きっと意中の女性に見せるためじゃないかな」

「も、もういいです！」

「デートしたんだろう？　そして浮かない顔でこの店に入ってきたのは、思ったように進展しなかったからだ。もしかすると梶井基次郎を引用して……」

「参りました！　本当に勘弁して下さい！」

俺はカウンターに額をすりつけて降伏を宣言した。許されるのなら土下座したいぐらいの気持ちだった。

「インスピレーションだ」

「は？」

「お酒を作るにはインスピレーションが必要なんだよ。だから君が抱えている謎を一つ、私に晒《さら》してはくれないだろうか。きっと良い刺激になると思う」

俺はサークルに入ってからの今日までの顚末《てんまつ》をなるべく詳細に語った。恐ろしいことに蒼馬さんが「それで？」「他に？」と相づちを打つたびに語りそびれた末節が記憶から甦る。

結局、俺は青河さんが好きなことまで洗いざらい話してしまった。語ることが思いつかなくなった後、俺は快感と虚脱感がない交ぜになった妙な気分に襲われながら、カウンターにうなだれていた。

「面白い。実に面白い謎だ」

彼女はカクテルグラスを拭《ふ》きながらそう言った。

「まず君が彼女に語った推理だけど……残念ながら完全に絵空事だよ。目の付け所は面白かったけどね」

「どうしてですか?」

自分の推理を一蹴《いっしゅう》されて気分がいいわけがない。俺は反射的にそう口にしていた。

「ナンバープレートの様式は自動車登録規則で厳密に決まってるんだ。そしてタクシーは事業用だ。事業用車両については、『あ』、『い』、『う』、『え』、『か』、『き』、『く』、『け』、『こ』、『を』しか割り振られない……『さ』のナンバープレートは自家用車用、君の言うダミーのタクシーは存在しえないんだ」

「待って下さい。でも『さ』の自家用車をダミータクシーに仕立てることは不可能じゃないですよね」

蒼馬さんはグラスを置いて、食い下がる俺にこう告げた。

「事業用車両のナンバープレートの色は?」

指摘されてあっと声が漏れる。

「緑地に白の文字……でしたね」

ぐうの音も出ないとはこのことだ。恥ずかしいにも程がある。

「まあ、一杯飲んで落ち着きなさい」

カウンターの向こうでカンという心地の良い音がした。顔を上げると蒼馬さんがシェーカーを取り出したところだった。

「カクテルを構成する一つ一つの材料はごくありふれたものさ。だけど漫然とそれらを混ぜたものをカクテルとは呼ばない。それはただの混沌《こんとん》だよ」

そして先ほど磨いていたカクテルグラスを静かに置いた。

「だからバーテンダーは明確な意志を持ってカクテルを作る。闇雲に混ぜるんじゃない。混ぜながら思い通りの並びに揃えるんだ」

解ったような解らないような……。

「では、梶井基次郎の『檸檬』とこの謎に因《ちな》んで一杯」

蒼馬さんはカウンターの向こうでしゃがむと、すぐに緑の瓶と赤い液体の入った透明な瓶を両手に持って立ち上がる。そして緑の瓶を俺の前に置いた。

「まずはレモンジュース、そのまま飲むと舌の上で爆発するような酸味が味わえる」

緑の瓶のラベルには「スーュジ檬檸」と書かれていた。国産なのだろうが、どこへ行ったら買えるのか見当もつかない。

「桜があんなに綺麗なのはどうしてか知ってる？」

「い、いえ」

「死体の血を吸い上げているからだよ」

そう言って蒼馬さんがもう一方の瓶を振ると、中で血のように赤い液体が揺れた。

「グレナディン・シロップ。グレナディンとは柘榴《ざくろ》、その形状からグレネード弾の名の由来にもなった。アルコール分こそないけどカクテルの材料としては強烈だ。うまく扱わないとカクテルがこのシロップに支配されてしまう」

蒼馬さんは自分の手元に二つの瓶を置くと、深い銀のスプーンでレモンジュースとグレナディン・シロップを無造作に量り、シェーカーに注いでいく。その動きには一切の迷いがなく、まるで手が秤《はかり》になっているかのようだ。

「この二つの劇薬を繋《つな》ぐのは……これだ」

蒼馬さんの手が閃《ひらめ》くと、掌《てのひら》に卵が現れた。淀《よど》みない動作で卵を割ると、白身だけをシェーカーに流し入れる。

「白身は泡立つと空気を含む。これが味をまろやかにするんだ。そして最後にドライジン、これがレモンジュースにはよく合う」

そして蒼馬さんはシェーカーに蓋をすると静かに、しかし強く振った。まるで大時計が時を刻むような、どこか人間離れした手際だった。

「こうやって、たった一杯の秩序を作るのがバーテンダーなんだよ」

シェーカーがくるりと逆さになると、カクテルグラスにサクラ色の液体がそっくりそのまま注がれた。おまけに周囲にはハネ一つない、芸術技だ。

そして蒼馬さんはサクラ色の水面にそっとミントの葉を浮かべた。

じっくりと眺める。

蒼馬さんは俺の前にコースターを敷くと、その上にそっとカクテルグラスを置いた。いよいよ待ちわびた一杯だ。俺は緊張しながらそっとグラスを持ち上げ、記念すべき一杯をじっくりと眺める。

「クローバー・リーフ。消えた四つ葉のタクシーに相応《ふさわ》しい一杯だ」

俺はグラスをおそるおそる持ち上げ、溢《こぼ》してしまわない内にと急いで口をつける。

「……ああ」

レモンの酸味とベリー系の甘みが舌に広がって消え、ジン由来と思《おぼ》しき辛みが喉《のど》を焼く。しかし、決して不快ではない。そしてミントの葉を嚙みしめると、一瞬口の中がニュートラルになる……。

「……美味《おい》しいです。凄く」

たったの一口で色々なイメージが浮かんだのに、いざ口にすると子供みたいな感想にしかならなくて恥ずかしかった。だが、蒼馬さんは俺の言葉に黙って肯いてくれた。

「良かった。では、私も自分のために一杯作ろうかな」

そう言うと蒼馬さんは再びシェーカーを手に取る。だが、彼女が扱っている材料は先ほどと同じだった。

蒼馬さんがカクテルグラスにサクラ色の液体を注ぎ終えた時、俺はこう訊ねた。

「クローバー・リーフですか？」

「いいや。これはクローバー・クラブだ。どこが違うと思う？」

よく見ると、サクラ色の水面には何も浮かんでいなかった。

「もしかしてミントの葉ですか？」

「そう。同じカクテルを作っても、ミントの有無で呼び方が変わるんだ。面白いだろう。違いはたった一枚の葉……そういえば君が出会った謎も、似たようなものだよ。そして、その葉っぱは君だって見ている」

そんな彼女の物言いに俺は不安を覚えた。

「何を言ってるんですか？」

「……そうそう、会長の大溝さんだっけ？　彼は残念なことになるね」

何故大溝さんの名前が出て来る。

だがその瞬間、俺の頭に閃くものがあった。もしかしたらこれで全てに説明がつくかもしれない……。

ふと蒼馬さんの方を向くと、彼女がニコリと笑った。その笑みを見て、俺は蒼馬さんが全てを解いていると確信した。根拠はないが、そんな気がしたのだ。それどころか俺の頭に浮かんだ考えすら、彼女の誘導で生まれたものではないのか……。

とにかく推理が浮かんだのなら、後は裏付けだ。俺は残りのクローバー・リーフを一気に飲み干すと、咳《せ》き込みながらこう告げた。

「あ、あの、お会計を」

まさか酒一杯に何万も取られたりはしまいが、俺はドキドキしながら財布を取り出す。相場が解らないのはやはり不安だった。

だが蒼馬さんはそんな俺を手で制した。

「お金は結構だよ」

「え、いや払いますよ」

怪訝《けげん》そうな表情でそう言う俺に彼女はクローバー・クラブを掲げてこう答えた。

「もう謎で払って貰ったしね」

謎で払うだって？　何なのだこの店は！

「お陰で美味しい一杯ができた」

そう言うと蒼馬さんはカクテルグラスの中身をぐっと干した。彼女の妖《あや》しく光る唇、少し上がった顎、僅《わず》かに動く喉の全てが艶《つや》っぽく、俺はなんだか目を逸《そ》らしてしまった。

「……ご馳走《ちそう》様」

蒼馬さんの吐息のような言葉を聴いた俺は「こちらこそ、ご馳走様でした」とだけ告げて、三号館を出た。そしてドアをしっかりと閉めると、急いで外を目指した。

そこから先の記憶はない。

携帯電話のアラームで目覚めると、そこは自分の部屋の玄関だった。どうやら床に蹲《うずくま》るようにして寝ていたらしい。四月とはいえ、よく風邪を引かなかったものだ。

携帯電話を開くとまだ朝の七時半、一限のある日は八時過ぎぐらいに起きるので、それよりも早起きしたことになる。

風呂《ふろ》にでも入ろうかと思ったが、ふと妙なことに気がつく。俺は何故、こんな時間にアラームを？

厭《いや》な予感がして通話履歴を確認すると、俺は東横に電話をしていたらしい。その上、何件も東横から着信があった。

祈るような気持ちで東横に電話をかけると、すぐに繋がった。

『昨日の晩、電話してきたけど、お前酔っぱらってただろ？　訳解らんこと言いやがって。おまけに何度電話しても切るしよ』

思わず顔が強《こわ》ばったが、言葉ほどは怒っていないらしい。やや安堵しながら、昨夜の自分を取り戻す作業に戻った。

「本当に悪い……それで俺なんて言ってた？」

『なんか、下手すれば大溝がサークルを辞めることになるとか……だから確認するために千宮寺に朝一で会いたいとか』

微かに記憶が甦ってきた。そうだ、確かバーで犯人が解った気になって……。

『千宮寺なら今日は一限からイタリア語に出るはずだから全教棟の２０１教室にいるだろうけど、何を訊くつもりなんだお前？』

その途端、更に不安な記憶がフラッシュバックし、俺は電話を一度無視してメールをチェックした。

するると、とんでもないものが出てきた。


『今日は本当にごめん。あんな答えで青河さんが満足する訳なかったね。だけど、この一件には大溝さんの進退がかかってたんだ』


昨夜の自分が何を考えてこんなメールを送ったのか解らない。だが、えらいことをやってしまったらしい。後で冗談でした、では済まない感じだ。

『……おい、どうしたトーチカ！』

手の中から東横の叫び声が聞こえてくる。お陰でほぼ思い出した。まるで他人の記憶を読んでいるような気持ちだが、俺は昨夜真相らしいものを摑《つか》んだらしい。

「悪い。後で必ず説明する」

それだけ言って電話を切ると、俺は講義の情報が書かれたシラバスだけを鞄に突っ込んで大学へ向かう準備をした。


全学共通教育棟、通称全教棟は築十数年の、比較的新しい校舎だ。俺は二日酔いで少し鈍く痛む頭を押さえながら、ゆっくりと２０１教室のドアに手をかける。

幸いにして千宮寺さんはすぐに見つかった。俺が声をかけるとすぐに「ラウンジで話そか」と席を立ってくれた。なんとなく人目を憚《はばか》る用件だと察してくれたようだ。

「例の消えた灰原の件なんですが……」

俺がそう切り出すと、千宮寺さんは笑った。

「ああ、彼女が気になるんやな？　まあ、凄く可愛いもんな」

優しい口調だったが、暗にそんな用件かという非難が混じっているような気がして、俺は慌てて核心を訊ねた。

「例の謎が解けるかもしれないんですよ。もしかして千宮寺さんがタクシーに乗ってすぐに確認した時計というのはあのカルティエですか？」

俺にはある確信があった。というのもコンパの席で千宮寺さんはプレゼントの箱が開く前から左手を差し出していたからだ。これは千宮寺さんが既に中身を知っていたから出来た行動で、その上左手には何もつけていなかった。つまり、あの日は時計をつけずに出たということではないか。

「うん、そうやで。タクシーに乗ってすぐ見せられてん。だから四時四十五分ってよう覚えてるんや」

「俺はその時計が遅れていた可能性を考えてます。具体的には五分ぐらい」

「なんで？」

「千宮寺さんは『お陰で時間が早よ過ぎたわ』と口にしました。もしかしてそれは、大溝さんから四時四十五分を指している時計を見せられた時、本当は四時五十分だったせいじゃないかと思うんです。その状況で少し歓談してからふと千宮寺さんがタクシーの時計を見たら五十五分だったとします。実際には五分しか経っていないのに、十分経っていると思ったらそんな錯覚もするんじゃないでしょうか」

俺の指摘に対して、千宮寺さんは何か思い当たることがあるような表情で一瞬視線を宙に游がせた。

「……でもこの時計、今こんな感じやで？」

千宮寺さんが差し出した時計の針は八時五十一分、俺の携帯電話と同じ時刻を指し示していた。

「ウチ、あれから触ってへんよ」

「大溝さんが一度時計をしまって、コンパの席で取り出すまでの間に時間を直したのではありませんか？」

俺の反論に千宮寺さんは首を横に振ってこう答えた。

「そんな余裕はなかったたん違うかな。少なくとも、タクシー降りてからコンパの会場で時計を出すまで、大溝君がウチの傍を離れてないのは断言できるわ」

「……そうですか。変なこと言ってすいません」

唯一の拠《よ》り所が崩壊してしまった。所詮《しょせん》は酒と自分に酔った錯覚だったのだろうか。

だが待てよ。だったら、どうして大溝さんはタクシーの中で見せた時計をわざわざ新歓コンパの席で渡したんだ。

「あ、ありがとうございました!」

何か閃いた気がして、俺はその場から立ち去ろうとしたが、千宮寺さんがまだ行くなと怖い顔でこちらを見ていた。

「待って、何か思いついたんやな」

それを告げるのは酷な気がしたが、千宮寺さんには知る権利がある。俺は少し悩んだ挙げ句、結論だけ告げた。


俺には今日一日かけてするべきことがあった。

シラバスを眺めて、今やっている一般教養の授業を確認しては、一つ一つ教室を覗いていくのだ。幸いにして一般教養の授業は、よほどの少人数のものでない限りは途中の入退室に寛容な雰囲気があったが、大教室の出席者を一人一人視認していくのは砂漠に落とした宝石を捜すような絶望感が伴った。

午前中は完全に空振りだった。疲れた実感はあったが、不思議と食欲はない。俺は生協であんパンを買うと、また午後に備える。気分は張り込みの刑事だ。

結局この作業が実を結んだのは四限目、のべ百近い授業を回った後だった。吉田南総合館南棟一階の大教室で彼女を見つけた。

立ち見が出るぐらい混んでいたのが幸いした。俺は教室の後ろの方で彼女を眺めながら授業が終わるのを待った。

そして四限終了のチャイムが鳴った後、俺は席で筆記用具を片付けている彼女に声をかけた。

「灰原」

「……トーチカ?」

どうやらまだ認識ぐらいはしてくれていたらしい。

「なあ、サークル辞めるんだろ?」

灰原は驚いたような顔をしてこちらを向いた。

「……誰から聞いたの?」

「誰にも。ただ、そんなことなんじゃないかと思ってな。それを確かめたかったんだが……やっと見つけた」

「見つけたって何? 私を捜してたの?」

灰原が険しい視線を俺に向ける。怒りとも恐怖ともつかない、けれど間違いなくネガティブな感情が宿っている。

「お前の連絡先が解らないから、朝から一般教養の授業全部見て回って……ここでようやく見つけたんだ」

俺がそう言うと灰原は少し後ずさった。

「やだ……何それ」

灰原は荷物を乱暴にまとめると、大教室の階段を半ば駆け下りるようにして、外へ出て行った。俺も慌てて灰原を追う。

「落ち着け。俺はストーカーじゃない」

女性に触るのには抵抗があったが、上着の袖《そで》越しならということで左手を摑んだ。そして想像通り、左手首には時計の硬い感触があった。

灰原が強く俺を睨《にら》む。もし灰原が悲鳴を上げたら俺は完全にアウト、きっと声を聞きつけた男たちに袋叩きにあうだろう。

「……離しなさいよ。大声を出すわよ」

そう言って俺の手を振りほどこうとする。これでは冷静な話し合いは難しいだろう。

俺は今の今まで、順を追って伝えようと思っていた内容をいきなりぶつけることにした。

「この時計、大溝さんに貰ったものだろう?」

灰原の腕が硬直したのが解ったので、俺は手を離した。どうやら俺の考えは正しかったようだ。

「……なんで知ってるのよ」

灰原が腕を少しまくると、現れたのはあのカルティエの時計だった。

やはり黒幕は大溝さんだった。

俺は灰原に背を向けて、携帯電話を取りだした。勿論、千宮寺さんに再度説明するためだ。流石にこれは告げ口の罪悪感も失せる程の悪事だ。サークルに居られなくなっても仕方がない。

だが、携帯電話を操作しようとしていた俺の腕を灰原が摑んだ。

「待ちなさいよ、トーチカ！」

さっきとは打って変わって、どこか不安そうな眼差《まなざ》しで俺を見ている。

「説明してよ。何がどうなってるの？」

どうやら話を聞いてくれるようだ。俺はまず事の顚末を灰原に説明した。

「新歓コンパを欠席しただけでどうしてそんな事件になってるの？　欠席だって大溝さんが伝えてくれた筈だし」

灰原はまるで理解できないという表情だった。

「欠席連絡は俺たちまで伝わってなかったんだよ」

「でも、私が消えても驚かないでって言ったでしょ？」

やはりそういう意味で言ったのか。実に紛らわしい。

「答えを言おうか。大溝さんが敢《あ》えて伝えなかったんだよ」

「あの人が何のためにそんなことするのよ？」

「勿論、お前にサークルとの縁を切らせるためだ。大溝さんはお前にストーカーの存在を信じ込ませ、サークルから距離を置くように勧めたんじゃないか?」

灰原が声に詰まった。どうやら正解らしい。

新歓イベントで男子から逃げていたのは、ただ鬱陶《うっとう》しがっていただけではない。そしてだからこそ、話しかけてこなかった俺をストーカーでないと判断して少し心を開いた……。

今から思えば、好きになるなと言ったのは、既に付き合っている人がいるからという予防線だったんだろう。

「実はな、大溝さんは千宮寺さんと付き合ってるんだ」

「嘘……あの人、彼女はいないって……」

その反応からして、やはり知らなかったと見える。まあ、性格的に二股を許すようなタイプではないだろうが。

「灰原、一昨日お前の乗ったタクシーには大溝さんも一緒だったんだな?」

灰原が左後部座席に収まっていたのは右側に誰かいたから。俺はその考えに確信に近いものを抱いていた。

俺の問いを受けて、灰原が力なく肯く。これで全てが説明できる。

「もし違っていたら指摘してくれ。まず大溝さんは四つ葉のタクシーの珍しさを説明したうえで、花言葉が『私のものになって下さい』だという蘊蓄《うんちく》を語った。お前はひとしきり感心した後、俺と青河さんに乗り込むところを見られたという話をした。大溝さんは少しだけ考え込んだ後、お前への誕生日祝いだと言ってカルティエの時計を見せ……そしてどこか別の場所でお前を降ろし、七時過ぎに二人きりになれる店で再度落ち合うと、カルティエの時計を改めてプレゼントした」

バイトと言ったのは灰原と会うための時間を作る嘘だろう。そもそもあの人の実家は裕福、バイトしなければならないほど金には困っていないと思われる。

灰原はかろうじて俺を睨みつけていたが、俺の言葉をどれ一つとして否定することはなかった。そして俺が言えば言うほど目元口元が悲痛に歪《ゆが》んでいった。

「少し前にな、東横から二股の極意を聞いたんだ。ポイントは記憶違いでボロが出ないように、付き合っている相手全てに対して同じことをする……俺が思うに、それは大溝さんの口から語られたものではないか」

きっと大溝さんの名を伏せたのは東横なりの仁義だったんだろう。

「今回の場合は四つ葉のタクシーで誕生日プレゼントを渡すというイベントだな。奇しくもお前と千宮寺さんは四月が誕生月、大溝さんは上手く二人分のイベントをこなすつもりでいたんだ。だが、俺たちがタクシーを見送ったことは大溝さんにとって大きな誤算だった。もしもお前と一緒にいる姿を見られていたら全てがご破算だ……だから大溝さんは一計を案じた。俺たちの目撃証言を無効化するために、同時刻に別の場所でアリバイを作ってしまえばいいと考えたんだ。そしてそれを恋人である千宮寺さんに信じ込ませれば、何があっても怖くない」

結果的には少し前に冗談で話した四つ葉怪談を迷彩にした形になる。記憶力はともかく、頭の回転は抜群にいいらしい。

「そんなの不可能でしょ」

「それが可能だったんだよ。灰原、大溝さんが車内で時計を先に見せて、後で渡すなんておかしいとは思わなかったのか?」

「……それは思ったけど」

「普通は渡す。けど、渡せない理由ができた。何故か……お前に渡す筈の時計がどうしても必要になったからだ。この事件はたった二つの時計で作り出されたものなんだよ。

二つの時計をAとBとしようか。タクシーに乗る際に千宮寺さんに見せた時計はA、だけど実際にコンパで千宮寺さんに渡したのはBなんだ。Aは千宮寺さんに見せる直前に四時四十五分に直された。一方Bは正確な時をずっと刻んでいる。あとはお前の連絡先さえ消せば追えなくなる」

大溝さんはただ賀茂川乱歩と灰原の繋がりを断っておきたかっただけなのだろう。一度疎遠になってしまえば、たとえ誰かが学内で灰原と再会しても事の真相を訊ねることもなくなると踏んだのだと思う。

「……私が持ってるのは役目を終えた後のAなのね」

灰原がそっと近くの壁に寄りかかる。俺の推理に少なくないショックを受けているのは明らかだった。

俺は少しだけ灰原に同情した。大学に入ってすぐに素敵な恋人ができたのに、二股かけられていたなんて。俺が灰原の立場ならしばらく立ち直れない。

「……それで何？　私を笑いに来たの？」

だが、そんな憐憫《れんびん》の感情が伝わってしまったのだろうか。灰原は怒りとともに俺を睨みつける。やっぱり気の強い女は苦手だ。

「知り合ったばかりの奴なんか笑って面白いか？」

俺がそう言うと灰原はまた言葉に詰まった。

「後は当人たちの問題だしな。実は今朝、千宮寺さんにも二股の可能性は話しておいた」

その週の例会で、大溝さんがサークルを辞め、千宮寺さんが新しい会長になることが発表された。

案の定というか何というか、例会に現れた千宮寺さんの左手には時計がなく、俺は少なからず溜飲《りゅういん》を下げた。


かくして四つ葉怪談騒動は終結し、青河さんに対する面目は保たれたわけだが、この話にはまだ続きがある。

あれから、何度捜しても三号館が見つからないのだ。夜の吉田構内を歩いてもあの不思議な灯りは見えないし、東横に訊いても「何の冗談だ?」と取り合ってくれない。

四つ葉怪談は一人の男の欲望が作った幻に過ぎなかったが、俺の体験した三号館の一夜ももしかしたら同種の幻じゃないかという気がしてきた。女主人に自分の失敗を慰めて貰ったうえ、都合良く助けて欲しいなんて、恥ずかしい欲望以外の何物でもない。

いつの間にか新歓シーズンは終わり、桜ももうすっかり散ってしまった。新入生はこれから五月病との闘病生活を送ることになるのだろう。

病気といえば、俺もまた例の事件の後遺症に悩まされていた。

葉桜が視界に入るたび、咲き散った花びらを思い出してはなんだか無性に喉が渇き……店も見つからないのに、あのサクラ色のクローバー・リーフをまた一杯飲みたくなってしまうのだ。

ジュリエットには早すぎる

cocktail recipes 2

Juliet
ジュリエット

ゴールドテキーラ……30ml
ピサンアンボン……30ml
パイナップルジュース……45ml
グレナディンシロップ……1/2tsp（2.5ml）

「これが川床《かわどこ》ですか」

俺は川床の手すりから少し身を乗り出しながらそう言った。すぐ眼下には鴨川が流れており、遊歩道を歩いている人々の息づかいが聞こえてきそうな距離だ。

「ニュースなんかで見たことはありましたが、思ってたよりずっといいですね」

ここは御池《おいけ》通から少し南下した場所にある和風レストランの川床だ。早い話が店のベランダに木組みのやぐらをくっつけたものと理解してくれればまあ間違いはない。

俺の名前は遠近倫人、京都大学に通う一回生だ。東京出身、専攻は法律で……まあ、半端な頭脳と大学デビューで獲得した清潔感だけが取り柄の二十歳の男を想像してくれればいい。

もっとも、そんな俺にも青春を楽しむ権利はある。今は所属するサークル、賀茂川乱歩の会長が企画した『五月の三条を楽しむツアー』にぶら下がりで参加しているところだ。賀茂川乱歩を京都を観光するだけのサークルと言ってしまえばそれまでだが、この街に不案内な俺としてはとても助かっている。

折しも今日は五月三日、ゴールデンウィーク後半の三条界隈《かいわい》は人が多くて辟易《へきえき》させられるが、反面活気があってちょっとしたお祭り気分を味わえる。

「……遠近君、会長としてちょっと君に注意せなアカンことがあんねん」

千宮寺さんが真面目な顔で俺にそう言う。

千宮寺麗子さんは雅《みやび》やかな京美人の二回生で、賀茂川乱歩の現会長でもある。文学部生らしく、京都のあれこれの歴史にとても詳しい。

お稽古《けいこ》事の都合でプライベートは和服を着ていることが多いが、今日は珍しく落ち着いたワンピース姿だ。

「な、なんですか？」

なんだか緊張して喉《のど》まで渇いてきた。ここでクビを宣告されたら厭《いや》だなと思いつつ、俺は先を促す。

「三条で川床川床言うてると、後ろ指指されるで」

「すいません。確かに田舎者の反応でしたよね」

開放的な雰囲気に負けて、はしゃいでしまったのは事実だ。

「あー、っていうか読み方が違うだけって話やねんけど」

「へ？」

「貴《き》船《ぶね》や高雄やと『かわどこ』で合《お》うてるけど、それが鴨川やと『かわゆか』になるんや」

そう言って千宮寺さんはニコリと笑う。真面目な顔はただの冗談だったようだ。

しかし知らなかった。確かにこれでは『かわどこ』と連呼していた俺が馬鹿みたいではないか。俺はテーブルのコップに手を伸ばして、水を一気に飲み干した。

「ま、そんなこと知らんでも別にええと思うけどな。けど、こういうイケズっていかにも京都人らしいやろ？」

しかし当の千宮寺さんは京都の老舗《しにせ》企業のご令嬢だ。迂闊《うかつ》に「はい」なんて言える筈《はず》もない。俺は曖昧《あいまい》に笑って返事を誤魔化すと、自分のコップに水を注いで更に飲んだ。

するとと隣で下を眺めていた青河さんがこんなことを言った。

「……この下も川が流れてるのね。涼しい筈だわ」

青河幸さんはサークル仲間で理学部の一回生、そして俺の想い人である。俺がさっきから無駄にはしゃいでいるのも、要はそういうことだ。現状は俺の片思い、おまけに全然手応《てごた》えがない。お陰でこんなすぐ近くにいるのに何もできずにいる。

青河さんは理系だけあって目の付け所が独特で、俺は彼女の興味を引くのにとても苦労しているのだ。

「ほんとだ。なんて川だろう？」

我ながら間抜けな相づちだが許して欲しい。これでも必死なのだ。

だが、すぐ近くにいた固太りした男が助け舟を出してくれた。

「下の小川は禊川《みそそぎがわ》だっけか、千宮寺？」

「よう知ってるなあ東横君」

東横進はサークルの会計兼副会長、工学部の二回生だが俺の中高の同級生でもある。

「去年、お前が教えてくれたんじゃないか」

「ああ、せやったせやった。頼んない会長でごめんな?」

「別に責めてるわけじゃねえよ」

浪人した俺にとって一足先に進学した東横の存在は大変ありがたかった。大学デビューが上手《うま》くいったのもこいつから情報を貰《もら》っていたお陰だ。

もっとも東横自身は硬派な性格で、工学部や寮住まいということも手伝ってか、身辺に女の気配が全くない。

服装の好みも至ってシンプルだ。例えば今日の俺はTシャツに麻のジャケット、ジーンズという気負いすぎない格好を三十分悩んで選んだわけだが、東横はTシャツに迷彩の短パンだった。ただ、五月の涼しい日に適当なファッションとは思えない。

「お前、寒くないのか?」

「デブの体温舐《な》めんな。厚着して汗掻《か》くよりマシだ」

などと黒縁メガネを触りながら卑屈なことを言うが、その身体を構成するのは中高六年の柔道で練り上げられた筋肉と脂肪だ。サシでやりあったら間違いなくまず負ける。

しかし東横の体温はどうだか知らないが、俺には少々寒いかもしれない。水を飲み過ぎたせいもあるだろうが、なんだかトイレに行きたくなってきた。

俺は我慢できずに店内のトイレに行ったが、戻ってくるとランチが人数分運ばれていたので、慌てて席に着いた。

今日はたまたま皆が同じ日替わりの魚尽くし膳《ぜん》を頼んだ。刺身と焼き魚がメインで、更に味噌汁の具にまで魚が入っている。魚ばかりで肉が恋しくなるかと思いきや、これはこれでなかなかにいける。

あと、やはりロケーションが最高なのだ。川床はいい風が吹いてくれるので、食事で火照る身体を適度に冷ましてくれる。

「こんなに風が気持ちいいなら、もう少し暑い時期に食べてもいいかもしれませんね」

「あー、残念やな。川床でランチ出せるの五月と九月だけって条例で決まってるんや。食中毒とか怖いからな」

京都盆地の猛暑は噂に聞いている。そりゃ、炎天下に料理を出せないだろう。

「まあ、川床ランチは年の六分の一しか味わう機会がないわけやから、一遍経験しとくと東京でのちょっとした自慢話になるかもな」

千宮寺さんはそう言って晴れがましく笑う。二週間ほど前に恋人と別れたばかりだというのに、そうは思わせない笑顔だ。まあ、原因は相手の浮気だし、千宮寺さんから振ったというのも大きいのだろう。

まあ、別れるきっかけを作ったのは俺なのだが。

「それよりももっと自慢できる話があるだろ」

一足先に食べ終えた東横が水を飲みながらそう言った。そして空いた俺のコップに水差しから水を入れてくれる。硬派だが、結構気が利く奴なのだ。

「京都歴一ヶ月の俺に自慢するようなことあったか?」

「三号館だよ」

その名前を聞いた俺は苦笑いしながら水を飲み干した。

ウチの大学にはある伝説があった。大学構内にどんな謎でも解決する三号館という名前のバーがあるという。ただし、それがどこにあるのかは誰も知らない。

その三号館に俺はつい半月ほど前、ある事件の謎を追っている最中に偶然辿《たど》り着いた。そしてそこで出されたクローバー・リーフというカクテルを飲んだ俺はたちまち謎を解いてしまったのだ。

「ずるい」

青河さんが少し拗《す》ねたようにそう呟《つぶや》いた。青河さんは不思議な謎に目がない。俺にしてみれば、それだけが彼女からの評価を上げる何よりのチャンスなのだ。

「不思議なバーなんでしょう……行ってみたい」

じっと見つめられると、連れて行かない俺が悪人みたいだ。

「いや、それがね……あれから吉田キャンパスを何度捜しても見つからないんだ」

これは言い訳でもなんでもなく本当のことだ。

「あの狭い範囲で本当なの?」

「もしかすると、条件が揃わないと行けないんじゃないかって気がしてきた」

それについては実は仮説があるのだが、生憎《あいにく》あれからその条件を満たしていない。

「次に三号館に辿り着けたら、今度は一緒に連れて行ける方法を見つけてみるからさ」

「楽しそうやな。でも、さっちゃん。お酒は二十歳になってからやで？」

千宮寺さんは新入生の女子の中で青河さんが特にお気に入りのようで、さっちゃんと呼んでいる。しかし、実のところ二人は同じ年なのだ。

それ以前に俺と青河さんは一浪組、東横と千宮寺さんは現役組なので、そもそも全員タメなのだった。ただ四月生まれの俺と千宮寺さんがこの中で成人している。

「そういえば何気に遠近君が一番お兄さんやな」

千宮寺さんの発言に東横が笑う。

「こいつがお兄さん？　冗談はやめてくれ。こないだだって履修登録失敗しかけてたじゃないか。トーチカ、俺が履修表見てなかったら前期丸々無駄にしてたぞ」

それをここで言われると辛《つら》い。

「二人は仲ええなあ。いつからの友達なん？」

「中一の時に同じクラスだったんだ。最初の席決めは出席番号順だったから、席も前後だったんだよ」

懐かしい。東横が今よりもずっと小さく、ガリガリに痩《や》せていた頃の話だ。

「小テストなんか受けると、回収する時にこいつの答案がちらっと見えるんだが、一目で全然勉強してないのが解るんだ。あんまりひどいんで、予習した時のポイントを教えてやるようになったら、少しはマシな成績になった」

「お前がきっちり予習復習しすぎなんだよ」

「お前は一事が万事そんな感じだったろ。ちょっと見てやると伸びる癖に、サボってんだから。受験だってもっと早く本気出してりゃ、現役だっただろうに」

「東横君の方がお兄さん代わりやってんな」

千宮寺さんは呑気《のんき》にそんなことを言うが実際のところ、東横はそういう役回りを自分から引き受けていた面がある。出会った頃から、自分が苦労して手に入れた知識を俺にわざわざ教えてくれるのだ。こいつがいなかったら、この地に来ることもなかっただろう。

いつまでこの関係が続くか解らないが、末永く付き合って行きたい相手ではある。

「ところで四人と言えば、今日はこのメンバーだけなんですか?」

青河さんが来るのは聞かされていたが、こんな少人数とは思わなかった。いや、ありがたいことに間違いないのだが。

「うん、最初はサークルの女子を集めて女子会をするつもりやってんけどな。なんせ五月の三日やろ? 帰省してまう子も多いし、チケットの枚数も限られてるから、声かけた結果がこれや。四人ってのもたまにはええな」

サークルのオフィシャルな活動として、隔週末に京都の名所を回るのが習わしになっているが、毎回二十人以上は集まるのでどうしても忙《せわ》しなくなる。会長と副会長ともなれば尚更《なおさら》だ。たまには気の置けない仲間だけで集まりたいのだろう。

「俺、今日の予定あんまり知らないんですよね。ランチ食べて、どっか寄って、晩ご飯食べて解散、みたいな感じとしか聞いてなくて」

「鴨川をどりに行こうかと思てるんや。お花習《なろ》てる友達が舞妓《まいこ》さんで、今日出演するって言うから、折角やし観に行こうかなって。あとは少しお茶して、また川床で晩ご飯。どう?」

「最高です!」

内容はともかく、青河さんと晩まで過ごせるのならなんの文句もない。俺はがぶりと水を飲んで、これからの楽しみに思いを馳《は》せた。

遅めのランチを終えた俺たちが木屋町通を南下していると、ほどなくして左手に『鴨川をどり』と大書された門が姿を現した。門の向こうには先斗町歌舞練場《ぽんとちょうかぶれんじょう》と壁面にある建物が見える。ここが鴨川をどりの会場だ。俺たちは門をくぐり、先斗町に足を踏み入れる。

歌舞練場とは耳慣れない単語だろうが、早い話が主に舞妓さんが歌と踊りを練習する場所で、彼女らの日々の成果を一般に発表するイベントが鴨川をどりというわけだ。

毎年五月一日から二十四日まで、日に三回公演というなかなかハードなスケジュールだ。こうした催しは流派ごとにあるようで、他にも都をどりや京おどり、北野をどりなんかがあるらしい。

とまあ、偉そうに語っているが俺も教えて貰うまでは歌舞練場が何の施設か解らなかった。多分、知らずに先斗町に飲みに来たら何か特殊な劇場としか思わなかっただろう。

歌舞練場の玄関先では係の人たちが茶葉を摘むようにチケットをもぎっていた。

「ちょっと待っててね。あ、四人です」

そう言って千宮寺さんが封筒から四枚のチケットを係の人に渡した。すると、係の人は四人分まとめてもぎってくれた。

「あ、チケット代……」

「ええよ。実家のツテで貰ったもんやし……もっと上の席もあったけど、そっちのが良かった？」

上というのは値段のことか、席の階数のことか……おそらく両方だろう。俺はゆっくりと首を横に振りながら、千宮寺さんの後に続いて歌舞練場の中に入る。

歌舞練場の内装は戦前からある古い劇場という感じだった。ただ、天井には沢山の紅白提灯《ちょうちん》がぶら下がっていて、お祭り感が出ている。

「……かわいい」

青河さんが天井の提灯をじっと眺めていた。よく見れば提灯には大きく鳥のマークが描かれており、シンプルな意匠ながら本当にかわいらしかった。「ぴよぴよ」という書き文字が似合いそうだ。

「ああ、千鳥の紋章やな。鴨川をどりと先斗町のシンボルで、明治時代からあるんやて」

おお、明治生まれとは思えないかわいさだ。俺は青河さんのお気に入りとして千鳥の紋章をインプットする。

「じゃあ、はい。忘れん内に男の子の分」

「ああ」

千宮寺さんが差し出した二枚のチケットを東横が受け取った。

「開演まで時間があるし、俺らはちょっとバルコニー出てくる」

そう言って東横は俺の肩を叩《たた》く。

「はいはい、遅れんようにね。じゃあ、さっちゃん行こか。劇場の幕にも千鳥が描かれてるで……」

千宮寺さんが青河さんを連れて二階の席へ向かうのを見送ると、俺は東横に引っ張られるようにバルコニーに連れて行かれた。

歌舞練場のバルコニーからは鴨川が見下ろせる。さして高さはないけれども、こちらもなかなかに良い眺めだ。

「ほら、飲めよ」

東横はお茶のペットボトルを差し出してきた。いつ調達したのか知らないが、よく冷えている。俺は遠慮無く受け取ると、キャップを捻《ひね》った。

それから俺たちはしばらく他愛の無い話をしていたが、俺がお茶を飲み終える頃に東横が突然こんなことを訊《き》いてきた。

「どうだ、トーチカ。青河さんの手応えは?」

何を言うかと思ったら。お茶を飲んでいたら噴き出しているところだ。

「手応えも何も、入学してからまだ一ヶ月経ってねえんだぞ？　何かあるほど俺がイケメンに見えるか？」

半ばキレ気味に答える。決め手がないから少しずつ仲良くなろうとしてるというのに、余計なお世話だ。

「別に顔は関係ねえよ。それに大溝みたいなのもいるしな。無害そうってのも大事な要素だ」

大溝さんは千宮寺さんの元恋人で、東横の同期に当たる。確かにあの人はイケメンだが、恋人としては最低だった。東横は大溝さんの裏の顔を見てきただけあって、今の言葉には妙な実感が籠《こ》もっている気がした。

「で、正直なところ自分での評価はどうだ？」

「まあ、嫌われてはいないと思う。けどそれだけだ。青河さんは俺に興味を持ってくれているとは言いがたいし、新しい謎が現れたらきっとそっちに行く。所詮《しょせん》、俺より謎の方がずっと魅力的というわけだ」

俺が正直な感触を口にすると、東横は笑いもせずにこう言った。

「トーチカ自身が魅力的な謎になればいいじゃねえか。そしたら青河さんはお前のことを見てくれる」

「お前は案外ロマンチックなことを言うな」

いや、知らなかっただけで元々ロマンチストなのかもしれないが。

「卑屈になるなよ。お前はサークルでは割と女子受けがいいんだぜ。実際、千宮寺だってお前がいい奴だって解ってるから誘ってくれたんだ」

「たった一ヶ月で俺の何が解るって言うんだ！」

「お前は案外面倒臭いな」

俺はため息をついて鴨川の方に視線を落とす。

「なあ、トーチカ。なんで青河さんなんだ？」

「……うまく言葉にできねえ。なんとなくいいなって思ったらもう好きになってた。けど、好きに理由が必要か？」

「いや、別に」

「東横、お前の見立てを聴かせてくれ。このままだと俺の独り相撲じゃねえか」

「そうだな……」

東横は肩をすくめると、自分の見立てを語り始めた。

「きっと青河さんは恋愛というものに熱心じゃない。これは俺だけじゃなく、千宮寺もそう言ってたからそうなんだろう」

「……やっぱりな」

薄々そんな気はしていたが、はっきり聴かされるとダメージがでかい。勿論《もちろん》、険しい絶壁に挑んでいるのは自覚していたが、それがとっかかりのない氷壁だと認めたくはなかったのだ。

「ただ、熱心じゃないというだけで興味はあるかもしれない。いずれ心変わりする可能性だってあるだろう。もし彼女が試しに誰かと付き合ってみる気になった時、とりあえずお前でもいいと思うかもしれない」

「とりあえずで、俺でもいいのね。あんまり嬉《うれ》しくねえな」

俺は狷介《けんかい》な気持ちになった。つまりは積極的な理由がないということではないか。それは俺の求める恋愛じゃない。

「お前は割といい位置にいるってことだ。とりあえず付き合ってから愛し合うカップルなんて世間にはいくらでもいる。そんなことより、グズグズしてどっかの狼に取られても知らねえからな」

「やらない後悔よりもやる後悔ってか。他人事だと思って……」

俺が睨《にら》むと、東横は知らん顔で腕時計を見ていた。

「おっと、そろそろ一幕だな。行くか」

東横に促されて俺は席のある二階へ移動する。

「ああ、あそこだ。あの通路から二番目の空いてる席」

劇場内に入ると、俺たちが座るであろう席の周囲はもう埋まっていて、それぞれ一席だけぽっかりと空いている。俺は東横からチケットを受け取ると、そそくさと席を目指す。

「ごめんなさい」

通路側に座っている黄色い着物を着たご婦人に断りを入れ、前を通して貰った。そして席に着いた後、改めて左隣のご婦人に頭を下げる。

すぐに青河さんの姿を捜そうとするが、既に可愛らしい頭が視界に入っていることに気がついた。右斜め前の席に座っている。ちょっと伸び上がると、綺麗《きれい》な横顔が見えた。

俺には気がついていないがそれでいい。一緒にはいたいが、ずっと意識されているところの神経も休まらない。

東横の奴め、こんなところまで気を利かせてくれて……本当にありがとう！

一幕目は『妹背山婦女庭訓《いもせやまおんなていきん》、三段目・山の段 改《あらため》』で、舞妓さんたちがお芝居を演じていた。無論、男の役も舞妓さんがやる。

序盤は話が全然摑《つか》めず、主人公が久我之助《こがのすけ》でヒロインが雛鳥《ひなどり》らしいということさえ理解するのに時間がかかった。だが、じっと観ている内にどうやら悲恋の物語というのがだんだん解ってくる。

「おお、久我之助。お前はどうして久我之助なのか」

雛鳥がやぐらの上から久我之助にそう語りかけるシーンで、これが『ロミオとジュリエット』を下敷きにした劇だということに気がつく。『改』とつくぐらいだから原作はあるのだろうが、『ロミオとジュリエット』の要素を混ぜて解りやすくしたのかもしれない。

俺の予想通り、久我之助と雛鳥が決して結ばれぬ身の上であることを強調する展開が続いた後、二人は死んだ。そして二人は死後結ばれましたとなって終わった。ベタベタだが、難解なオチよりはいい。実際、観客の反応も良さそうだった。

幕が下り始めて、俺が何気なく肘《ひじ》掛けに右手を置くと、隣の人の左手に重なった。

「あ、すいません」

俺が右手をどけながら謝ると同時に照明が点《つ》く。

「あれ、遠近君？」

隣から青河さんの声がした。何が起きたのか一瞬理解できなかったが、どうやら俺は今青河さんの手に触れたらしい。いや、そんなことよりも……。

どうしていなかった筈の青河さんが俺の隣にいるんだ⁉


それから休憩を挟んで二幕目が始まったのだが、正直あまり憶《おぼ》えていない。かろうじて沢山の舞妓さんたちが踊っていた様子ぐらいは網膜の奥に残っているが。

「遠近君、溶けるよ？」

青河さんに声をかけられて現実に引き戻される。俺の手にはモカフラペチーノ。そうだ、ここは三条のスターバックスだ。

鴨川に面したここのスターバックスも川床をやっている。運良く一テーブルを取れた俺たちは五月の心地よい風に吹かれているところだった。

「……ああ、ちょっと考え事をしててね」

そう言い訳をしながらフラペチーノに口を付ける。よく冷えているのは結構なことだが、五月に外で飲むにはまだ早かったようで、だんだん寒くなってきた。うっかりこんなものを頼んでしまうぐらい考え事をしていたようだ。

「さっきのこと？」

「うん。なんでこんなことが起きたのかさっぱり解らなくて」

俺の念が通じて青河さんを隣にワープさせたというのなら嬉しいが、残念ながら奇跡の使い方を誤っている。

「なんや、変なこと気にするんやな。最初から二人隣同士やったんと違う？」

千宮寺さんが自分のキャラメルマキアートから視線を上げてそう言った。俺はさっきから何度も確かめたチケットを取り出す。『1102』、11列2番だ。

「ちなみに私は最初から11列3番よ。チケット見た時に『1103』だったから嬉しかったの」

青河さんがそう言いながら、湯気の立つカフェアメリカーノを両手持ちで冷ます。

「1103？」

「素数よ。四桁《けた》の素数なら完璧《かんぺき》に憶えているから間違いないわ」

青河さんはブラックと素数が好きということを心にメモしながら、俺はこう答える。

「でも俺は青河さんの斜め後ろに座った筈なんだよ……そうだよな、東横？」

しかし、頼みの綱の東横は渋い顔をして首を横に振る。

「いや、解らん。俺はあの辺が空いていると言っただけで、青河さんがどこに座ったかちゃんと見てない」

言われてみれば東横と千宮寺さんはもっと後ろの方に離れて座っていた。俺たちがどう座ったかなんて意識してないと憶えていないだろう。

「でも隣だったら流石に間違えないぞ」

「現状優先って言葉もある。記憶と現実が食い違うなら現実が優先だ。まあ、うっかり手を触ってしまった言い訳を探してるのは解るがな」

「おいやめろ」

付き合いが長いのも良し悪しだ。どこまで男子校のノリが許されるのか解らないだけに、こういういじり方には狼狽《ろうばい》してしまう。

「それは別に気にしてないから」

だから、そんな青河さんのフォローが染みた。

「それに、いつの間にか席が入れ替わっていた謎の方が気になるわ」

はい、謎の方が気になるんですね。まあ、謎好きの青河さんのことだから、こうなるのは解っていた。

「青河さん、トーチカにそんな気を遣わなくてもいいぞ」

「でも遠近君が謝った時の声はとても自然で、まるで知らない人に謝るような感じでした。あれが演技なら凄《すご》いと思います」

「まあ、こいつは嘘をつくのが下手だからな。一理ある」

「遠近君はこの手の謎得意やもんな。きっとスパッと答えてくれるって」

千宮寺さんは事も無げにそう言ってのけるが、それで先日謎を解いたばかりに元彼氏である大溝さんの浮気を白日の下に晒《さら》してしまった俺としては、笑顔でいたらいいのか申し訳ない顔をすればいいのか解らない。

「プレッシャーかけるのやめて下さいよ、もう」

この際、真実はどうでもいい。せめて青河さんが喜んでくれる素敵な推理を練らなければ……。


緊張のせいでまたトイレに行きたくなった。というか、この涼しい場所でフラペチーノを頼んだ俺がどうかしているのだ。俺は皆に断りを入れて、トイレに向かった。トイレが近いのは昔からだが、あんまり格好のいいものではないな。

洗面所で手を洗ってトイレを出ると、誰かに声をかけられた。

「トーチカ?」

サークル同期の灰原花蓮だった。見ればちょうど灰原はトレイを返却口に置いており、店を出るところだったらしい。

「ああ、灰原か」

灰原は女子アナめいたハーフ系の美人で、サークルの男性陣からは人気があった。しかし当人は普通の男に興味は無さそうだ。ちなみに先の大溝さんの二股《ふたまた》の相手が灰原である。

ただ俺は灰原に興味がないので、その分フラットに接することができる。向こうも俺に下心がないのが解ってて、トーチカと気安く呼ぶ。

「こんなところで珍しいな」

「私が一人でいたら悪いの？」

灰原が俺を睨みつけてきた。どうやら俺は何か気に障ることを言ったらしい。

正直なところ、男子校出身というのもあって同世代の女子は割と苦手だ。俺には何が彼女らの逆鱗《げきりん》に触れるのかさっぱり解らない。

もっとも灰原が地雷原とすれば、青河さんはブラックボックスだ。反応が解り易い分、地雷原の方が対応はできる。

「いや、てっきり帰省したのかと思って。お前も東京だろ？」

「なんだ、よく知ってたわね」

俺がそう言うと、態度が少し丸くなった。悪くない返しだったらしい。

「そんな、来て一ヶ月で帰省なんてしないわよ。トーチカだってそうでしょ？」

「まあな」

「サークルの男の子たちだって同じこと言ってたしね。一緒に遊ぼうって誘われ過ぎて厭になっちゃった」

俺の頭で警戒のサイレンが鳴っていた。

最初は千宮寺さんがサークルで女子会をやろうとしたら帰省でメンバーが足りず、敢えてこの四人でという話だった。だが、もしその前提がおかしいとしたら？

何にせよ、ここで捌《さば》きを誤るとえらいことになりそうなのは確かだった。

「灰原、鴨川をどりって知ってるか？」

「何よそれ？」

確定だ。灰原はそもそも声をかけられていない。

大溝さんが二股をかけていた件について、何も知らなかった灰原に罪はないと思う。しかし千宮寺さんがどう思っているかはまた別の問題だ。

「なんかすぐそこにある先斗町の歌舞練場ってところで、舞妓さんたちの発表会みたいなイベントがやってるらしい」

そして灰原が千宮寺さんをどう思っているのかも俺には解らない。そうでなくても灰原はサークルに友達が少ないのだ。その数少ない友達である俺や青河さんが千宮寺さんと一緒だと知ったら傷つくかもしれない。だから俺にできるのはこうやって板挟みになりながら誤魔化すことだけだ。

「へえ……少し面白そう。今から行っても間に合うの？」

「三回目に間に合うか間に合わないかぐらいじゃないかな」

「じゃあ、アンタも行く？」

勿論、青河さんたちを放っておいて行けないがそんなこと言える筈もなく、俺は苦し紛れの方便を吐いた。

「いや、俺は大学に用があるから」

「今日は休みだけど?」

「捜しものがあるんだ。今日こそ見つかりそうな気がして」

冗談でなく、至って真剣にそう言った。これでまた地雷を踏んだら仕方が無い。

「そう。なら、また今度にする。私も今日は素直に帰る。じゃあね、トーチカ」

しかし灰原は特に怒るでもなくそう言うと、さっさと店を出てしまった。何か解らないが、うまく行ったらしい。

俺は灰原を見送ると、川床に戻って三人に謝る。

「ごめんなさい。ちょっと忘れ物を思い出して、家まで取りに戻ります」

東横と千宮寺さんは顔を少し見合わせた。

「時間的にはまだ大丈夫だよな?」

「そうやね。飲み会までまだ一時間半以上あるし、そない急がんでも大丈夫やで」

よし、余裕があるとは言えないが、とりあえず大学に行く時間は充分にありそうだ。俺はフラペチーノの残りを流し込むと外に出る準備をした。今日は自転車で来ているから、飛ばせば大学まで十五分だ。

「どうせ後がつかえてててここには長くおられへんから、もう少ししたら一度解散しようと思てたとこやねん」

それは渡りに舟、罪悪感も減るというものだ。

「夜はこのスタバから五、六軒隣のたつみ屋って店な。ウチの名前で予約してるから、五時四十五分に川床に来て。さっちゃんも忘れんと」

青河さんがアメリカーノを飲みながら黙って肯《うなず》く。

「念のため、後でメールしてやるけど……金忘れたんなら貸してやるぞ」

折角セッティングしたのに何してるんだという表情をしながら、東横がそう言う。そんな顔するな。俺だって青河さんと一緒に居られる時間を削るのは辛いんだから。

「金じゃねえ。もっと大事なもんだよ」

そう、俺にはどうしても確かめないといけないことがあるんだ。


流石《さすが》に五月三日の吉田キャンパスには人気がなかった。俺はこれ幸いと、三号館を捜し始める。

あれからあの一杯を求めて何度も夜の吉田を徘徊《はいかい》した。結果は見事に空振りで、三号館はたった一夜の幻だったのではないかという気にさせられたものだ。

ただ生憎、俺は自分の頭の程度を自覚している。あの晩の俺が事件の真相に辿り着けたのは間違いなく何かの助けがあったからだ。そう、まるであの一杯が俺に実力以上の力を与えてくれたようで。

ただ、今日はある予感があった。三号館では酒の対価は金でなく謎だ。だったら、謎を持っている今なら再訪できるのではないか。心配なのは前回の謎よりいささか小粒なことぐらいだが、果たして……。

吉田をうろつくこと十分、ふとグラウンド脇のサークル棟が目に付いた。築数十年、どこか退廃的な匂いのするコンクリ打ちっ放しのサークルボックスは今日も怪しい妖気を放っている。

何か確信があったわけでもないが、俺はゆっくりとサークル棟に近づいた。すると現代物理学研究会とミステリ研究会の間に、看板のないボックスがあることに気がついた。どこのサークルのものでもないのだろうか。そう思いながらドアを見ると、そこには例のサクラ色の紙が貼ってあった。そのサクラ色は厭でも俺にあのクローバー・リーフを連想させる。

俺は深呼吸してノブに手をかけ、ドアを開けた。間違えたら謝れば済むだけの話だ。抵抗なく開いたドアの向こうには色とりどりの酒瓶とピカピカに磨かれたカウンターが俺を待っていた。

そしてカウンターの向こうには和服姿の若い女性の姿。

「あら、いらっしゃい」

蒼馬さんの綺麗な顔を見た瞬間、膝《ひざ》から力が抜けていくのが解った。もう二度とこの店に辿り着けないかもしれないと思っていたからだ。

彼女がバー三号館のマスター、蒼馬美希さんだ。

「まだ日の沈まない内からバーに来るなんて悪い子だね。それともテリー・レノックスの真似かな?」

「テリー・レノックス?」

間抜けな顔で問い返す俺に蒼馬さんは傍らから取り出した一冊の文庫本を差し出す。

「レイモンド・チャンドラーの『長いお別れ』に出てくる登場人物だよ。開いたばかりの綺麗なバーとギムレットが好きな駄目な男さ」

「ああ、『ギムレットには早すぎる』で有名な本ですね」

というか、それしか知らないのだが。

「それにしてもめかし込んで。またデート帰りかな」

会うのは今日が二回目だが、俺は蒼馬さんの洞察力を痛いほど知っている。この人に隠し事は無理だ。俺はあれこれ指摘される前に白状することにした。

「今日は四人ですよ。そりゃ、男女で二対二ですけど」

「それじゃ、ダブルデートだ」

「ダブルデート?　いや、本当にそんなんじゃないですって。今日はサークルの親しいメンバーで集まったってだけで……」

途中で自分の必死さに気がついて俺は口をつぐんだ。どうも蒼馬さんの前に出ると言い訳じみた言葉が勝手に湧いてくる。

「それにしてもひどいじゃないですか。移転するならそう言って下さいよ」

「ひどいというのは心外だな。この店は元々決まった場所でやってる訳じゃないんだよ。

それにロプ砂漠やメルー砂漠の移動湖のように、どこにあるのか解らないってのも乙なもんだろう？」

「砂漠で湖が移動したら確実に死人が出ますよ」

現に俺はしばらく禁断症状に悩まされた。

「そんなにクローバー・リーフが欲しかったのかな？」

蒼馬さんは見透かしたようにそう言いながら、血のように赤い液体が入った瓶を軽く振る。それこそは柘榴《ざくろ》の甘露、グレナディン・シロップだ。

「けど断る。今日はそんな気分じゃないんだ」

店が気分で酒を出すというのも凄い話だ。俺が客として見られているのかどうかは知らないが。

「前にも言っただろう。お酒を作るにはインスピレーションが必要だって。きっと今クローバー・リーフを飲んでも前ほど美味しく感じないと思うよ」

「インスピレーションによって作られた一杯ではないからですか？」

「そういうことだね。さあ、持ってきた謎を話して頂戴《ちょうだい》。しばらく謎に飢えてたところでね」

しかしそんなに期待されるとかえって話しづらい。

「えっと、今回の謎は前よりは小さくてですね……お代になるかどうか」

そんな言い訳をしてしまった俺に蒼馬さんはかぶりを振ってみせる。

「どんな謎でも謎は謎だよ。お金持ちの札束も小僧っ子が握り締めた小銭も私は区別しないさ」

蒼馬さんのその言葉を信じて、俺は昼からの一連の出来事をざっと説明した。

「今年の鴨川をどりは『妹背山婦女庭訓』か。それも三段目の山の段だ。普通はオーソドックスな演目をやるんだけど、結構攻めてるね」

流石は一流のバーテンダーと言うべきか、蒼馬さんの守備範囲は広く、そして深い。どんな客が来ても、いやどんな謎が来ても平然と受け止めてみせるのだろう。

「いや、俺あんまり詳しくないんですよね。なんか悲恋の話で……そう、ちょうど『ロミオとジュリエット』みたいでした」

「直接観劇した割には自信の無さそうな話し方だね」

確かに大学生の言うことじゃない。

「すいません」

「別に責めてるわけじゃないよ。実際、それで合ってるからね。それに一幕目から見てたらもっと混乱してるところだ。なんてったって天智《てんち》天皇の時代に蘇我蝦夷《そがのえみし》が出てくるんだから。創作物とは言えダイナミックな脚色だ」

「はあ、そうなんですね」

「本来、三段目の山の段は数十分で終わるような演目じゃない筈だ。きっと『ロミオとジュリエット』をやりたかったけど、伝統を考慮して名作の翻案という形にしたってところかな」

前回のパターンを踏まえると、そろそろ酒を作る頃合いだ。俺はなんだかそわそわしてきた。今日はどんな一杯が出てくるのだろうか。

「さて、謎解きでもしようかな」

しかし蒼馬さんは俺の予想を裏切るようなことを言った。

「君の持っていたチケットは11列2番、青河さんのは11列3番だ。そして青河さんが11列3番から動いていないというのなら、君が最初に座ったのは12列2番ということになる。それがどうして一つ前の席に移動していたのか、説明できるかもね」

「本当ですか？」

思わず前のめりになって、そう問い返してしまった。早く酒を飲みたい気持ちはあるが、蒼馬さんの謎解きも聞いてみたかったのでこれはこれで構わない。

「もしかして君は一幕の頭の方でお手洗いに立ったんじゃないかな」

俺は一瞬言葉を失う。まさにその通りだったからだ。

「トイレに行くために一度席を立ちましたけど……よく解りましたね」

「離れて座った二人を隣同士に座らせるには、どちらかが動かなければならない。青河さんが動いていないのなら動いたのは君の方だ。簡単な推理だよ。それに」

「それに？」

「序盤に芝居の内容が摑めなかったというのなら、大事なシーンを見逃したんじゃないかなって」

そこまで言い当てられると平伏するしかない。

「ところで君が最初に座った時、通路側に誰か目印になるような人がいたんじゃないかな？」

蒼馬さんはまるで現場を見てきたように訊いてくる。俺が言い漏らしたことを綺麗に拾っていくのだ。

「はい、黄色い着物の女性がいました」

「なら話は簡単だ。君が席を立った後、黄色い着物の女性は一つ前の席に移ったんだ。そして、お手洗いから戻って来た君は暗い劇場内で黄色い着物を目印にして席を捜す……君がお芝居の最中にお手洗いに立つことを前提にしたトリックだけど、心当たりはあるかな？」

「東横ですね」

東横とは中高六年間つるんだ仲だ。当然、俺の体質もよく知っている。トイレが近いことを知っていてランチで俺に水を飲ませたのは東横だ。その上、駄目押しで歌舞練場のバルコニーでお茶まで飲ませた。これを狙ってやがったのだ。

おまけに東横はギリギリまで俺にチケットを渡さなかった。だから俺は事前に自分の席番を確認することもできなかったわけだ。

しかしそこで席番について、ある事実を思い出す。

「でも確かあの辺りは満席で……黄色い着物の女性の前の席も埋まっていました」

「だからそれも仕込みの内だよ。誰がチケットを用意したんだっけ？」

「……千宮寺さんですね」

まるでヒント山盛りでようやく答えに辿り着ける出来の悪い生徒みたいだ。

「確かに千宮寺さんなら、前もってあの周囲のチケットを押さえられたでしょうし、知り合いにこんな馬鹿げた仕掛けの片棒を頼むことだってできたと思います」

つまり最初12列1番に座っていた黄色い着物の女性だけでなく、おそらく11列1番と2番の観客も千宮寺さんの息がかかっていたということだ。12列2番に座っていた俺が席を立った後、この三人が列の前後で席を入れ替えれば、俺は自動的に11列2番に座らせられる羽目になる。

「あまり驚かないんだね」

「いえ……馬鹿馬鹿しいけど、そこぐらいしか落としどころがないかなって。灰原や他のメンバーを呼ばなかったのも、仕掛けの邪魔になる要素を排除するためだと考えればしっくり来ます」

何より、千宮寺さんが何か思うところがあって灰原をハブったのではないと考えたい。

「お陰で君の意中の青河さんとの繋《つな》がりができた。めでたしめでたし……でもまだ謎は残ってるよね？」

蒼馬さんは意味ありげに笑う。そうなのだ。むしろここからが難しいというか。

「勿論、二人が俺のために気を利かせてくれたことは嬉しいんですよ。ただ今回の謎には他にも三人ぐらい関わってるわけで……そりゃ、チケット代なんて千宮寺さんみたいなお嬢様には知れてるかもしれませんけど、なんでここまでするのかって謎が残ってるんですよ」

「さて、ここらで一杯」

そう言って蒼馬さんはカウンターの向こうでカクテルを作り始める。並べた瓶から銀色のスプーンでシェーカーに次々と量り入れていく。目分量で入れているようにしか見えないが、間違いなく適量だと確信させる鮮やかな手つきだった。

そしてお待ちかねのシェイクだ。蒼馬さんの手の中でシェーカーが生き物のように跳ねる。つかの間カクテルを混ぜる心地の良い音だけが店内に流れたと思えば、次の瞬間にはもうシェーカーから黄金色に輝く液体がカクテルグラスに注がれている。

「御神酒《おみき》をいかが？」

蒼馬さんはコースターに載せたカクテルを俺の前にそっと置いた。俺はまじまじとグラスの中身を眺める。空中では黄金色に見えた液体もグラスの中では透明度がぐっと下がり、まるで濃く入れた玉露のようだった。

「ジュリエットだよ」

なるほど、『妹背山婦女庭訓』に因《ちな》んだ一杯だ。

「……いただきます」

俺はグラスを迎えに行く。品がないかもしれないが、溢《こぼ》すよりはよっぽどマシだ。いつだって飲めるものでもないのだから、一滴だって無駄にできない。

互いにベクトルの違う甘さと甘さ、そして酸っぱさと酸っぱさが一杯に同居した不思議な味わいだった。フルーツ由来なのは解るが、一口だけでは何で構成されているのか解らない。まさに神の御酒だ。

溢す心配のない水位まで飲み終えると、俺は照れくさい思いで顔を上げる。まるで餌を貰った犬や猫みたいではないか。

「甘くて、美味しいです」

いざ口に出すと、子供みたいな感想しか出てこない自分の頭が憎い。知り合いと一緒でなくて本当に良かった。

「前のクローバー・リーフが割と辛口だったからね。今回は甘めのカクテルにしてみたけど、お気に召したようだね」

「ええと、この美味しさはなんでしょうね。柘榴よりパイナップルの味が勝ってますが、もう一つ何か果物の味がします。甘いような酸っぱいような……ええと柑橘《かんきつ》系ではなくて……うーん」

俺が首を傾げていると、蒼馬さんが緑色をしたボトルをカウンターに置いてくれた。

「ピサン・アンボン、若いバナナで作ったリキュールだよ。最近はめっきり見かけなくなったけど、私は結構好きだな」

俺は子供の頃にかじった緑色のバナナの青苦い風味を思い出しながらもう一口飲んでみたが、流石にリキュールになるとそんなものはない。

「あ、甘いとは言っても、テキーラが入ってるから油断するときくよ」

きいているのは間違いがない。まだ半分も飲んでいないが、何かが脳に流れ込んで来たのが解る。

「……そういえば待ち合わせ時間がえらく中途半端でしたね」

たつみ屋の川床で五時四十五分に待ち合わせと言われたが、五時半でも六時でもないなんておかしくはないか？

「黄昏《たそがれ》時だからじゃないかな」

蒼馬さんのその一言が駄目押しになった。俺は「ちょっと失礼」と断って、すぐにたつみ屋に電話をかける。調べなくても番号が解ったのは東横のメールのお陰だ。

『はい、たつみ屋です』

元気の良さそうな女性の声だった。

「すいません、知り合いが今夜そちらの川床で予約してくれてるみたいなんですけど、何時からか解ります？　直接訊くのは気まずくて……」

いきなりまくし立てすぎただろうか。不自然に思われなかったらいいが。

『えーと、今夜の川床なら貸し切りですが……千宮寺様のお連れ様でしょうか？』

貸し切りだと？

「ええ、千宮寺麗子さんの後輩です」

『ありがとうございます。本日は六時開始になりますね。でも貸し切りなので多少早く着かれても大丈夫ですよ』

俺の中で全てが繋がった。

「助かりました。また後ほど」

俺が電話を切ると、蒼馬さんは何か解ったように肯く。電話の内容が全て聞こえていたわけでもなかろうに……。

「千宮寺さんは五時四十五分に川床に集合と言ってましたが実際は六時開始で、おまけに貸し切りでした。千宮寺さんたちが敢えて俺にこの情報を伏せたのは明らかです。ではなんのためでしょう？」

「何かサプライズを用意してくれていると考えるのが妥当だね。川床も一店分となると結構広い。サークルのメンバー全員呼べるかな？」

そういうサプライズがあるとしたら思い当たるのは俺の誕生日ぐらいだがもう先月の話だし、第一それで全員集まるほど俺の存在はサークルに浸透していない。

「多分、青河さんも俺と同じで何も知らされていないと思いますが、どうなるかはもう解ります。スタバで一度解散してから現地集合、来てみれば俺と青河さん以外おらず、おまけに川床は貸し切り……お膳立てはばっちりですね」

なんてことを考えるんだ東横……。

「まあ、その状況で告白しないと嘘だよね」

「蒼馬さんもそう思いますか」

俺は深いため息をつく。薄々そうなのではないかと見当はついていたが、三号館に寄らなければ不意打ちを受けて、きっとまんまと告白していただろう。勿論、それが良い方に転ぶ可能性だってあるだろうが……。

「あいつは昔からそういうところがあるんですよ。人の逃げ道をふさいで、特攻に追い込むというか……」

「どちらのアイデアか解らないけど、なかなか粋《いき》なはからいじゃないか。黄昏時の鴨川の川床で二人きり、まさにトゥ・オブ・アス。告白にはうってつけのシチュエーションだ」

「東横のアイデアな気がします。意外とロマンチストみたいですし」

俺の考えでは東横が提案したアイデアを千宮寺さんがプロデュースしたというところだろう。仕掛けの気合いの入りようからして、千宮寺さんもノリノリだったに違いない。

「それで君はどうするのかな?」

「東横の言う通りかもしれません。でも俺と青河さんはまだ出会ったばかりで……つまり運任せにするってことじゃないですか。そして俺には何の勝算もありません。あまりにも早すぎるんですよ」

「まあ、一理あるね」

蒼馬さんはうんうんと肯いた後、突然俺の眼を覗《のぞ》き込んできてこう言った。

「個人的な意見を言わせて貰えば、東横君の言ってることは正論だよ。実際、この世の出来事に必然なんてないんだよ。皆、必然の結果だったと思い込んでいる自分の幸せが偶然の産物であるという事実から目を背けたがるというだけで」

そう話す蒼馬さんの眼は何か深く黒い淵《ふち》のようで、背中に薄ら寒いものを感じた。ただそれは一瞬だけのこと、すぐに蒼馬さんの眼は笑い、雪解けをもたらすような優しい口調でこう続けた。

「けれど、蓋然《がいぜん》性を高めることはできる。希望の持てる材料だってあるじゃないか。例えば、君が振られた後どうなるか考えてみればいい。千宮寺さんは振った相手と振られた相手を一緒に飲ませる程、デリカシーの無い人間じゃないだろう？」

「そりゃまあ」

実際、千宮寺さんの後ろ盾があるというのはかなり重要だ。青河さんに一番近い同性からの援護はあるとないとで大違いだ。

「ハナから君が振られる可能性は考慮してないのさ。あるいは仮に振られてもどうにかする算段があるのか……君の目には見えないかもしれないけど、乗って悪い舟じゃないという気はするね」

蒼馬さんの言葉に決意が傾きそうになる。

「私は助言をするだけだ。答えを出すのはあくまで君だよ。ただ、彼ら……特に東横君がその成功率を高めてくれようとしているのは間違いない。それにどう答えるかは君次第だ」

蒼馬さんの言葉で、俺は今まで誰にも口にしなかったことを言おうとしていた。

「振られるのが怖いんじゃないんです」

「へえ？」

「勿論、振られたら厭ですし、きっと深く傷つきます。ただ問題はそこにはなくて、俺はまだ青河さんのことを知らないし、青河さんも俺にそこまでの興味を抱いていないんです。そりゃ、晴れて付き合えれば解消するかもしれない小さな問題かもしれませんが、俺にしてみれば解決の目処《めど》が立たないまま先送りにしてるのと同じことなんです」

自分でもこんなことを考えていたのかと驚くような言葉が出てきた。ただ、聴いていて違和感がないことから考えるに本心なのだろう。

「つまり、結果オーライじゃ何も意味がないんですよ。それに……」

「それに？」

「酔った勢いで告白するなんて、青河さんにもジュリエットにも失礼です！」

俺はそう言い切ると、ジュリエットの残りを飲んでしまった。言葉にしたら随分と胸のつかえが取れたような気がする。

「あ……」

グラスを置こうとしたら勢いあまって腕時計の金具でカウンターを引っかいてしまった。見れば結構なキズになっている。

「すいません。キズが……」

「いいよ。そうしたキズの一つ一つが店の歴史なんだから」

蒼馬さんに言われて、カウンターのあちこちにキズがあることに気がついた。今まで店の雰囲気に呑《の》まれていた証拠だ。

ふと腕時計を見ると時刻はとうに五時を過ぎていた。タイムリミットはもうすぐそこだ。

「酔い覚ましのトマトジュースでも飲む？」

「……そうですね。お願いします」

出されたトマトジュースはよく冷えており、熱くなった俺の身体と心をクールダウンしてくれた。そして、同時に何かが腑《ふ》に落ちた気がした。

ああ、そうか。そういうことだったんだな……。

「君の中で答えはもう出てるんだね」

蒼馬さんはそんな俺の内心をもう解っているのだろう。俺は黙って肯いた。

「それは良かった」

そして蒼馬さんはもう一杯カクテルを作り始めた。材料は先ほどのジュリエットとほとんど同じだったが、グレナディン・シロップは使っていないみたいで、ジュリエットよりもずっと緑色が濃い。

「アリゲーターだ。グレナディン・シロップの代わりにレモンを入れてみた」

そう説明すると蒼馬さんはアリゲーターを一気に飲み干した。あ、自分で飲むんですね。

「今夜は特別だ。振られた男の子にはジュリエットをご馳走《ちそう》してあげようと思ってるけど
……出番がないことを祈るよ」

「恩に着ます」

「こちらこそ、謎と決意をご馳走様。今度は青河さんとおいで」

俺は三号館を出ると、すぐに電話をかけた。勿論、相手は青河さんだ。

「青河さん」

『どうしたの？』

「大事な話があるんだ」


五時五十分、俺は青河さんと二人で並んでいた。夕方の鴨川は少しだけ肌寒かったが、隣に青河さんがいるから平気だった。

俺は青河さんに断りを入れて、東横に電話をかける。すると青河さんはイヤフォンをはめて、音楽を聴き始めた。会話の内容を聞かれるのが恥ずかしくて、俺がそう頼んだのだ。

「東横、うまく行ったよ。川床の下に来てくれ」

『そうか』

電話ごしに東横がニヤリと笑う気配が伝わってくるようだった。

「今日のこと、発案はお前だな。それに千宮寺さんが乗ってくれたと」

『まあな。その口ぶりだと、席が移動したトリックも解ったんだな』

俺は三号館で蒼馬さんが語ったトリックをざっと語った。

『流石はトーチカ、正解だ』

褒められても俺の手柄ではないのだが。

『何かのアクシデントで失敗するかと思ってたら、綺麗にハマってくれてありがたかった』

「手の込んだことしやがって。真面目に悩んだ俺たちが馬鹿みたいじゃないか」

『そう言うなよ。お陰で話のネタが増えたじゃないか』

この謎には一切の悪意がないから、誰も不幸にならない。

「勝算勝算言ってた俺のために、それを増やしてやろうというお前の意志はよく伝わってきたよ」

『しかしあのトーチカがよく逃げずに行ったもんだ。青河さんと二人っきりになってもこっちの意図に気がつかなかったら、殴ってるところだった』

大きなお世話だ。

「正直なところ、しれっとバックれるか、すっとぼけて十五分青河さんと当たり障りの無い会話で誤魔化そうと思ったよ。けど、それはお前や千宮寺さんの厚意を無駄にすることになる。やっぱり、それは俺にはできない」

『そういうことはもう少し後にとっておけ。千宮寺だって聴きたいだろうしな』

「ありがとな」

『なんだよいきなり』

「お前はいつも一足先に進んで、グズグズしてる俺の世話をしてくれるんだな」

『気持ち悪いな。やめろよ、電話だからってそういう真面目なこと言うの』

鴨川の遊歩道に東横が姿を現した。流石にTシャツ短パンの男はよく目立つ。

『お、下についたぞ』

東横はたつみ屋の川床のすぐ下で立ち止まると、伸び上がるようにして川床の方を窺《うかが》っている。俺たちの姿を捜しているのだろう。

『さあ、二人して顔見せろよ』

だが生憎、俺たちはたつみ屋の川床にはいなかった。

「ああ。反対側を見ろ」

俺の言葉で振り向いた東横だったが、ほどなく対岸にいる俺たちの姿を発見したようだ。

『何してるんだトーチカ？　青河さんは……隣か』

そう、俺は鴨川の対岸からオペラグラスで東横の姿を確認していたのだ。

『なんだ、驚かせやがって。じゃあ、うまく行ったんじゃねえか』

隣では青河さんが座っている。リズムを取るように頭を揺らしている様が愛《いと》おしいが、生憎まだ俺の恋人ではない。

「実は告白はしてないんだ」

『お前、何言ってんだ？　じゃあ、隣にいる青河さんは……』

俺は東横の疑問には答えずに、言うべきことを一気に言ってしまう。

「なあ、東横。どうしてお前が青河さんのことで世話を焼いてくれるのか、やっと解ったんだ」

電話口の向こうで息を呑む気配がした。

「お前は千宮寺さんのことがずっと好きだったんだろ？」


東横は絶句したまま何も言わない。どうやら正解だったらしい。

よくよく考えれば四月の時点からこの結論に至れるだけの材料はあったのだ。もっとも、俺は青河さんのことで頭がいっぱいで気がつかなかったのだが。

「お前は俺に自分と同じ後悔をして欲しくなかったんだな」

『……適当なこと言うんじゃねえよ』

ようやく返ってきた言葉も何だか投げやりで、理知的な東横らしくない。

「お前、大溝さんの素行不良を知ってたのに千宮寺さんに教えなかったんだな。理由は俺にもなんとなく解る」

『知った風な口を！』

「長い付き合いじゃないか。お前の美学はよく知ってる」

好きになった女性の恋人の不義を知っていても、こいつは何も言わなかった。告げ口そのものをみっともないと思う気持ちはあっただろうし、何より二人を別れさせるために告げ口をするなんて東横の美学が許さなかったのだろう。

『……ああ、そうだよ。千宮寺が好きだよ。ずっと好きだった！　それがどうした？』

ああ、とうとう東横から一本取れた気がする。

『千宮寺の幸せを考えたら、たとえアイツからどう思われようと大溝の女遊びを教えるべきだったんだ。それを下らない美学なんかに拘《こだわ》ってた俺が馬鹿だった』

そこも東横にとってはジレンマだったのだろう。

「お前のお節介も理由が解ると格別に染みるな」

『ああ、お前みたいにまだ告白しない理由をあれこれ探してたら、大溝に先を越されたんだよ。いや、俺が先に告白したところで結果は変わらなかったかもしれない。それでも思いを伝えそびれた後悔はずっと残ってた』

「だったら大溝さんと別れたばかりの今が絶好のチャンスじゃないか。また告白しない理由探しをしてないで、とっとと行けよ」

『こんなタイミングで行けるかよ。まるで別れるのを待ってたみたいじゃねえか！　そんな格好悪いことができるか？』

人にはあんなこと言う癖に、どこまでもストイックな奴だ。

「万事冷静なお前が、どうして自分の恋愛になるとこうなるんだろうな？」

『なんだと？』

「お前はまっとうだよ。頭も切れるし、義に厚くて信用できる。きっとお前がそういう奴だってのは千宮寺さんだってもう充分に知ってる。大溝さんに懲りたのなら、次はお前を選ぶかもしれないだろ」

『俺はもうこの関係に慣れ過ぎたんだ。会長と副会長で充分だ。今更、それを壊すには遅すぎる』

東横は千宮寺さんの騎士になるつもりなのだろう。本人が幸せならそれでいい……とは俺は思わない。きっとそれは東横の本来の願望とはねじれているだろうから。

だから、俺が正さないといけない。それが俺の出した答えだ。

「なあ、東横。上見てみろよ」

『上？』

「川床のな」

俺がそう言った瞬間、何かを察したのか東横は虚を突かれたような顔で振り向く。

『おい、これは……』

狼狽するのも当たり前だ。千宮寺さんがたつみ屋の川床から東横を見下ろしていたからだ。

千宮寺さんはどこかはにかんだ様子でただじっと東横の方を見ていた。

『……なんで千宮寺が上にいるんだよ⁉』

「俺が青河さんに頼んだ」

俺が青河さんに持ちかけた大事な話とは、東横のために千宮寺さんを川床まで呼び出して欲しいというものだ。

「千宮寺さん、東横さんのこと嫌いではないと思う」

そして青河さんはそう言ってこの作戦に乗ってくれた。

『ったく、計画をぶち壊しやがって……』

「誤魔化そうとしても無駄だぞ。千宮寺さんはもうお前のでかい声を聴いてる。全部な」

オペラグラスで改めて確認すると、千宮寺さんは心なしか照れているようだ。東横もだなんて言っていいのか解らずに千宮寺さんの方を見ている。

まるでロミオとジュリエットだ。

『やれやれ……逃げ場をふさがれたのは俺だったな』

観念した……というよりは決意を固めたような口調だった。親友として背中を押せるのは今しかない。

「振られたら三号館で奢《おご》ってやるから……行ってこいよ、ロミオ」

『ありがとよ』

東横はそう言って電話を切ると、上にいる千宮寺さんに何事かを叫んだ。千宮寺さんは更に照れて……駄目だ。これ以上見てられん！

「やっぱりロマンチストじゃねえか、アイツ」

俺がオペラグラスを下ろすと、青河さんが顔を上げる。

「……もういいの？」

青河さんがイヤフォンを外しながらそう訊《たず》ねる。男同士の会話だからと律儀に聞かずにいてくれたのだ。

「ああ、もう終わったよ」

まあ、仮にここまでの会話を青河さんに聞かれていたら鴨川に飛び込んでいたところだ。

「二人はどんな感じなの？」

青河さんは眼を細めて対岸を眺めようとする。俺はオペラグラスを差し出しながら、偽るところのない感想を口にした。

「鴨川をどりのお芝居みたいだけど、見る？」

「……やめとく」

青河さんがそう断った時、東横が走り出した。ガッツポーズを取っているところを見ると、うまく行ったようだ。きっと一刻も早く千宮寺さんと川床で対面したいのだろう。俺も東横に三号館でジュリエットを飲ませるようなことにならなくてほっとしている。

「ところで、遠近君の席が移動した件は解決したの？」

ああ、その話をするのを忘れていた。

「あれはちょっとした偶然だったと思うんだ」

俺は例の真相を少しばかり脚色して伝えた。黄色の着物の女性が視力が悪くて、観劇中に前の席の人に声をかけて席を替わって貰ったのではないか、と。

「まあ、それならあり得るとは思うけど……あんまりぱっとしない真相ね」

青河さんは少し不満げだが、東横たちが気を利かせたことは絶対に言いたくない。今回の苦労が全て水の泡になってしまうではないか。

「それじゃ、そろそろ行こうか。多分、俺たちが来るのを待ちわびてるよ」

青河さんが肯く。俺たちはたつみ屋を目指すべく、三条大橋の方へ歩き出す。たったの数百メートルだが、黄昏の中を青河さんと二人きりで歩く。訳もなく胸が高鳴る。

「ねえ、遠近君」

青河さんは三条大橋の真ん中で立ち止まると、俺に何事かを訊ねる。

「何かな?」

「私は恋愛ってよく解らないんだけど、この結末は二人にとって幸せだったのかな?」

そう言う青河さんの視線の先には川床で寄り添う二人の影があった。

「多分ね。俺だって恋愛は知らないけどさ」

「なら良かった」

そして再び青河さんは歩き始める。その後ろ姿を見て、自分の酔いがとっくに醒《さ》めていることに気がついた。

誰にお膳立てされたわけでなく、俺の勇気が作った二人きりの時間だ。もしも告白するなら今しかない。

「ねえ、青河さん」

俺は青河さんの背に呼びかける。

「どうしたの?」

俺は慎重に言葉を選んで、ようやくこう言った。

「……三号館、今度は一緒に行けるかもしれない」

俺の唐突な言葉に青河さんはキョトンとしていた。俺は慌ててこう続ける。

「き、今日の謎解きはつまらなかったからさ。その埋め合わせだよ」

俺がなんとかそれだけ言い終えると、青河さんは少し笑ってこう言った。

「うん、楽しみにしてる」

二人の関係は始まったばかり、きっとまだ男と女というステージにすら立っていない。そんな状況で青河さんに告白するのは勇気じゃなくてただの向こう見ずだ……それが俺の出した結論だ。

遠くない将来、この選択を後悔する日が来るのかもしれない。そんなことを思いながら、俺は大股気味に歩いて、青河さんの隣に追いつく。けれど今はまだ並んで歩けるだけで充分だ。

「三号館では何がオススメなの?」

先斗町通にさしかかる辺りで、青河さんは何気なくそう言った。

「多分、何を頼んでも美味しいと思うけど……いや、やっぱり早すぎる」

俺の言葉に青河さんは少し不満そうな表情で答える。

「私が二十歳じゃないから？」

「ううん、そうじゃない」

いつか君に必ず告白する。その時なら振られたっていいけど、それは今じゃないんだ。

だけど、その日が来るまで俺は君という謎に全力で挑んでみせる。

そんなことを心に決めながら、俺はこう答えた。

「……ジュリエットにはまだ早すぎるんだ」

ブルー・ラグーンに溺れそう

cocktail recipes 3

Blue Lagoon
ブルー・ラグーン

スカイウォッカ……30ml
ブルーキュラソー……10ml
フレッシュレモンジュース……20ml

京都市内に水族館があることをご存じだろうか。

その名をずばり京都水族館という。京都水族館は京都駅の少し西、バスで三区間程度のところにあるが、水族館としてはそこまで大きなものではない。床面積や水槽総容量という点で勝っている施設はそれこそいくらでもあるだろう。

実際、建設計画が持ち上がった時は地元からも反対されたそうだ。確かに俺だって京都で水族館と言われても「正気か？」としか思えなかっただろう。しかし独自色を上手《うま》く打ち出したお陰か、いざ蓋《ふた》を開けてみれば好評をもって迎え入れられた。年中無休で営業を続けている甲斐《かい》もあってか、早くも京都観光の定番に収まりつつある。後発の弱さを工夫と気合いでカバーしているのだろう。

それにしても、水族館なんて小学校以来だ。

俺、遠近倫人が所属している散策サークル、賀茂川乱歩は主な活動として月に二回、週末に京都の観光名所巡りを行っている。六月一回目の活動は今年度初の京都駅周辺の散策だった。今回の参加率は今年度最高の九割超え、これも京都水族館の人気のお陰だろうか。

昼前に東寺《とうじ》に集まって、予《あらかじ》め決めておいたチェックポイントを通りながら観光していくというコースだったが、梅雨時にもかかわらず雨に降られなかったのは幸運だったと言えよう。

京都駅北側の塩小路《しおこうじ》通をずっと西へ進んで途中の住宅地の狭い道を通り抜ければ十分か十五分で着く。だだっ広い運動公園の中に綺麗《きれい》な建物が見えたらそれが京都水族館だ。

俺たちが着いたのは三時過ぎ、予定よりは少し遅れているが、四時から始まるイルカショーを逃さずに済んだ。

京都水族館はただ回るだけなら三十分もかからない程度の規模の施設だ。そんな限られたキャパシティを上手く活《い》かすように、京の川ゾーン、かいじゅうゾーン、ペンギンゾーン、大水槽、海洋ゾーン、交流プラザ、イルカスタジアム、山紫水明ゾーン、京の里山ゾーンと、大きく九つのゾーンに分けている。そういえば水族館であまり淡水系の生き物を見た記憶はない。そこも独自性というやつなのだろう。

流石《さすが》に大学生が二十人以上で固まって移動するのでは迷惑になるだろうということで、ざっと二グループに別れることになった。会長と副会長がそれぞれ引率し、展示を一通り見て回ったら自由行動、それから四時のイルカショーを観て、解散という運びになる。

……筈《はず》だったのだが。

入場して十五分経過したというのに、俺はまだ京の川ゾーンにいた。勿論《もちろん》、二グループはもう先へ行ってしまっている。

京の川ゾーンは文字通り、京都にある鴨川と由良《ゆら》川の生態系を再現するというコンセプトで作られたゾーンだ。入り口から右手に延びている長い水槽ではオオサンショウウオたちが自然と同じように活動していた。

しかしこの連中はとにかく動かない。夜行性だから仕方ないのかもしれないが、ほとんどのオオサンショウウオは水槽の端の方でみっしりと固まってじっとしている。こんなもの、三分も見たら充分だと思うのだが……。

だが、青河《あおか》さんはそんなオオサンショウウオの塊の前にもう十分以上も張り付いていた。おまけに飽きた様子もない。

その熱い視線を少しでいいから俺に注いでくれたらいいのにな。

俺はオオサンショウウオを見ているという体で、愛《いと》しの青河さんの小柄な背中を十分以上眺めていた。確かに好きなものは眺めていて飽きない。

「あれ？」

ようやく振り向いた青河さんは俺の存在に今気がついたようで、後ろにいる俺を不審がることもなくこう言った。

「遠近君もオオサンショウウオ好きなんだ」

いや、好きなのはあなたなんですけどね。

発端は数日前に遡《さかのぼ》る。

「それで、どうすんだトーチカ」

隣でコントローラーを握ってる東横進《とうよこすすむ》がそんなことを訊《たず》ねてきた。

東横は中高からの腐れ縁で、今は賀茂川乱歩の副会長をしている男だ。こいつを一言で表せば頭の切れるマッチョデブだが、そんなことを当人に言えば締め落とされるだろう。

「どうするって、何が?」

俺たちは東横が住んでいる吉田寮のゲーム室で格闘ゲームに興じていた。

吉田寮は築約百年の木造建築で、田舎の小さな廃校舎を想像していただけたらそう間違いない。光熱費込みで2500円の家賃は破格だがプライバシーは無いも同然、俺にはとても住めない。

そんな吉田寮の一角にあるゲーム室には、さほどの広くもない空間に様々な家庭用ハードやアーケード筐体《きょうたい》が下手くそなテトリスのように詰め込まれていた。しかし場末のゲーセンよりは充実している。

そんな狭いゲーム室で、東横は固太りした身体を窮屈そうに縮めながらコントローラーを操っていた。今日は英字がプリントされた黒地のTシャツに迷彩柄の短パンという出《い》で立ちだが、割と暑そうにしている。

「青河さんのことだ。お前、こないだ折角のチャンスを見送っただろ?」

俺は思わず周囲を見回した。ゲーム室には俺たち以外誰もいなかったが、安堵《あんど》したのもつかの間、その隙に東横の必殺技が決まって一本目を落とした。

俺が浪人したせいで今では東横の方が先輩になるが、元々は中学高校合わせて六年間つるんだ仲だ。気心こそ知れてるが、それでもナイーブな話題というのはある。

「心外だ。見送ったんじゃない。お前に譲ったんだ」

「……その点はお前に感謝してる」

つい先月、東横は片思いしていた会長の千宮寺さんと無事結ばれたのだが、そのきっかけを作ったのは俺なのだ。

「その恩人を接待する気はないのか」

俺のキャラは終始劣勢だった。高校時代は東横と一緒にやりこんだものだが、やはりブランクがある分、俺の腕は鈍っていた。

「問題をすり替えるんじゃない」

東横が素早くコマンドを入力すると、俺のキャラが摑《つか》まれた。

「あっ、この間合いでも吸うのかよ……」

全部見るまでもなく、負け確定だ。俺はそっとコントローラーを置いた。ゲームを止めるという意思表示だ。

「で、何が問題だって？」

「お前さ、サークルで俺ら以外からどう思われてるか知ってるか？」

東横も席を立ち、屈伸しながら俺にそう訊ねてきた。

「いや」

なんだろう。青河さんに片思いしてるキモい奴だとか思われてたらどうしよう。

「もしかして青河さんのこと、バレてたりするのか？」

「その点は安心しろ。まだバレてない」

俺は安堵した。

「なら良かった」

「けどお前、人畜無害君で通ってるぞ」

「屈辱だ！」

俺は思わず頭を掻《か》きむしる。それはなんだか不愉快だ。

「新入生の恋愛ってもっと解り易いからな。お前のは皆の眼にはそう映らんらしい」

「まあ、いいだろ。誰にも迷惑かけてないんだから」

俺がそう言うと東横はため息をついた。

「あのな、周囲から見て解らないってことは、多分青河さんにも伝わってないってことだぞ」

なかなかにクリティカルな指摘だ。流石親友は言うことが違う。

「……最近な、なんで青河さんなのか解った気がするよ」

「おっ、聞くぞ」

東横が身を乗り出してきた。元々あんまりこういう話をする間柄ではなかったのだが、やはり彼女ができたというのは大きかったようだ。

「元々、俺は自分が大したことない人間だと思ってる。けど、周囲も似たようなもんだ。ここに来れば凄《すご》い連中に沢山会えると思ったんだけど、全然そんなことはなかった」

「お前、そういうこと他で言うなよ。ボコられるぞ」

「だからこそというかなんというか、どこか自分より凄そうな人に惹《ひ》かれる。それが青河さんだった。つまり……」

「つまり？」

「俺は自分より賢い人間が好きなんだよ」

そう言い放った俺を東横が呆《あき》れた顔で見ていた。

「なんか、お前がサークルで浮いてる理由も解ったよ。そもそも普通の奴に興味がないんだもんな。いや、中高でもそうだったか」

親友がこれで、副会長としては頭が痛いのだろう。

「待て待て、なんか俺が凄く厭《いや》な奴みたいに思われてるから訂正しとくと、別に見下してるわけじゃないぞ。現役生とか入試の成績で俺より上の奴は素直に凄いと思うよ。けど、なんていうか、あれは下手すれば努力で埋まるもんだからなあ……成績がいいから頭がいいってわけじゃないだろ？」

「理屈は解ったがサークルでは言うなよ？」

東横は腕組みしながらしばし天を仰ぐ。何事かを考えているようだ。

「もしかすると、お前が同回生に興味がないのと同様に青河さんはお前に興味がない……ってこともあるかもな」

「クジラ構文で俺を攻撃するのはやめろ」

俺がそう言うと何かを思いついたような表情で手を叩《たた》く。

「……クジラは無理だが、イルカなら」

「は？」

「だからイルカだ。イルカを見に行こうぜ」

かくして今回の行き先は京都水族館に決まったのである。


青河さんが鈍い方だということを差し引いても、これまでの俺の好意は青河さんに伝わってない可能性が高い。実際、俺は青河さんに対して控えめな態度で接しすぎた。

束横に言われて考えを改めたわけではないが、確かにそろそろ一緒にいたいという意思を態度で示すべきではある。

「あ、あっちの水槽だと凄く動いてるよ」

俺はそう言って入り口の傍にある小さな水槽の方を指さした。そこにはオオサンショウウオが一匹ずつ入った水槽が三つ、日本種・中国種・交雑種と並べてある。

「本当？」

入ってからずっと張り付きっぱなしだった青河さんは気がつかなかったようだが、入り口のすぐ左手にはオオサンショウウオを取り巻く現状についての展示がある。特に日本に持ち込まれた中国種が鴨川で日本種と混じりあった交雑種がかなり増えているせいで、純日本種のオオサンショウウオは相当減っているらしい。

「動いてるのも可愛い……こっちだと元気だね」

狭い水槽で手足をばたつかせて暴れているのは中国種や交雑種だ。

「日本種が大人しいのは夜行性だからってだけじゃなくて、種の性質なのかもしれないね」

などと適当なことを言う。本当に日本種が大人しいかどうかは知らないが、青河さんとの話題のダシになってもらうことにした。

一緒にいたい、好きだ、そんなことが言えるようならとうに言っている。だが、生憎《あいにく》今の俺には勝算がない。だったら少しでも一緒にいる時間を増やして、他の誰かよりも少しでも特別な存在にして貰《もら》おうという姑息《こそく》な作戦だ。

今のところ、グループからはぐれた俺を訝《いぶか》しんでいる様子はなく、俺を鬱陶《うっとう》しがっている感じもしない。このまま邪魔が入らなければ二人の時間を過ごせる筈だ……。

青河さんは振り向いて、俺に何か言おうとしたが、すぐに俺の向こう側にある何かに気がついた様子で、控えめに指をさしてこう言った。

「遠近君、あの人……」

「え?」

青河さんの指先を見つめると、ちょうど先ほどまで青河さんが張り付いていた場所に若い女性が立っている。Tシャツに膝《ひざ》下ぐらいでカットされたジーンズの、スポーティな印象の人だ。どうやらオオサンショウウオを見ているようだが……。

「泣いてるのかな?」

青河さんに言われて気がついたが、確かに彼女の右頬を何かが伝っていた。おそらくは涙だろうが折り重なるオオサンショウウオの生態に胸を打たれた……とは思わない。

どうも二人の時間はこれでおしまいらしい。俺にはここで「放っておこう」なんてとても言えない。だが、邪魔が入ったことにどこかほっとしている自分もいて、なんだかとても複雑だった。

俺は女性の方に大股《おおまた》で歩み寄ると、精一杯の爽《さわ》やかさを振り絞って声をかけた。

「あの、大丈夫ですか?」

彼女は首だけを動かして俺の眼を見つめると、すぐに水槽に視線を戻してこう言った。

「……なんでもありません。大丈夫です」

そんなによそよそしい態度でそう言われると俺だって傷つく。なんだろう、そんなに不審だっただろうか。

左隣にいた青河さんが助け船を出してくれた。

「でも、泣いてるなんて普通じゃありませんよ」

良かった。これで気まずさは消えた。それに青河さんには初対面の人間に何を言っても怒られそうにない雰囲気がある。

「ああ、これで泣いてると思ったのね」

青河さんが姿を見せたことで警戒を解いたのか、彼女は少し笑うとバッグから目薬の容器を取り出して見せてくれた。

「ごめんなさいね。最初、ナンパかと思ったから。でも、そんな可愛い彼女がいるなら違うわよね」

彼女は俺に謝りながら、すまなそうに笑う。

「いや、その、そういうのじゃ……」

俺は訂正しながら不思議な気持ちになっていた。なんだろう。気恥ずかしいが厭ではない。

「あなたたち、もしかしてここは初めて？」

「ええ」

「お邪魔するようで悪いけど、一緒に回らない？　私、詳しいの」

青河さんと二人きりという目的は果たされなかったが、三人ならまあ上等だ。彼女がちょうどいい緩衝材になってくれるだろう。

「私は藤《ふじ》ミーナ。よろしくね」


そんなわけで一緒に行動することになった藤さんの話を堪能《たんのう》しながら京の川ゾーン、かいじゅうゾーンを抜け、俺たちは大水槽の前に立っていた。大水槽は一階と二階をぶち抜くだけの大きさがあり、約５００トンの水量を誇る。それは目の前にでかい海水の塊があるようなもので、大層見応《みごた》えがあった。

「ここはこの水族館の目玉ね。好きな人なら一日眺めてても飽きないと思うわ」

確かに藤さんの知識は本物でとてもためになるのだが、唯一困ったのは説明が上手すぎて疑問を挟む余地がないことだ。お陰で俺は「はー」とか「ほー」とか相づちを打つばかりで、気の利いたことを一つも言えなかった。

ふと、大水槽を眺めていると中心部に銀色に輝く大きな塊の存在に気がついた。ミラーボールのように回転しながら光を反射するそれが小さな魚の集合体ということだけは俺にもかろうじて解る。

「あの銀色の塊は？」

「あれはイワシ玉。小さいイワシたちが他の魚を威嚇するために固まって泳いでるの。あれで二万匹ぐらいね」

「なんかスイミーみたいですね。黒い魚はいませんけど」

口にしてから、小学生でも言える感想だということに気がついて、また恥ずかしくなる。青河さんと言えば、無心に水槽を見ているというのに。

「最近、イワシ玉を売りにする水族館も増えた気がするなあ。ちょっと前までそんなに珍しいものか？　って感じだったのに」

小学校以来足を運ばなかった俺にはよく解らないが、藤さんはただの水族館好きってわけではなさそうだ。もしかすると何かの専門家なのかもしれない。

俺がその辺を訊《き》いてみようかと思った時、青河さんがこちらを向いた。

「上からも見てみたいな」

「え？」

「早く行こう」

外からは全然テンションの違いが解らないが、青河さんは珍しく興奮したような口調でそう言うと大水槽の角を曲がり、順路を進み始めた。

とりあえず青河さんに追いつこうと俺が角を曲がった、その時だった。

後方から藤さんの「きゃっ」という悲鳴が聞こえてきた。続けてバタバタという足音がして、高学年ぐらいの小学生が順路を走り抜けて行った。とっちめてやろうかと思ったが、藤さんを助ける方が先だ。

俺と青河さんが踵《きびす》を返すと、大水槽の前で藤さんが尻餅《しりもち》をついていた。痛めたらしい腰の右側をさすっている。

「痛たた……」

「「大丈夫ですか？」」

俺たちはほぼ同時にそう呼びかけ、そしてまた同時に手を差し出した。

「……うん、ありがとう。ぶつかっただけだから大丈夫」

しかし藤さんは俺たちの手には頼らず、一人で立ち上がる。もしかすると歳上の意地だったのかもしれない。だとしたら悪いことをした。

「どんな奴がぶつかったんですか?」

何気ない俺の質問に、藤さんが首を傾げながら答える。

「キャップを深く被《かぶ》ってたから顔は見えなかったけど、あっちに抜けて行ったよ……」

藤さんの指す方向は順路とは反対の、かいじゅうゾーンの方だった。それじゃ、あの小学生は無罪か。

「青河さん、藤さんをお願い」

俺はそう断りを入れると、かいじゅうゾーンの方へ向かっていた。勿論、順路を歩く人にぶつからないように早足で。

だが、かいじゅうゾーンに入ったところで声をかけられた。

「お、トーチカ」

東横だった。近くに見知った顔はいないから単独行動なのだろう。

「何、順路逆走してんだ。振られたか?」

青河さんが一緒にいないと解っての軽口だ。普段なら腹に一発入れているところだが、そんな余裕はない。

「お前こそ副会長が何一人で歩いてんだ」

「引率が一通り終わったんだよ。イルカショーまで解散ってことで、今度は一人で最初から見ようと思ってな」

「お前とはすれ違わなかったぞ？」

「イルカスタジアム通ると京の川ゾーンに戻ってこられるんだよ」

ということは東横は京の川ゾーンからまた順番に見て回っていたということになる。

「ちょうど良かった。お前、今俺の他に逆走してきた奴見なかったか？　キャップを目深に被った怪しい奴」

「いや、見てないが……何かあったのか？」

俺は藤さんのことをかいつまんで説明した。

「なんだお前、結局二人きりに耐えられなかったのか。しょうがねえな」

「成り行きに任せただけだよ。そんなことより、またおかしなことになったぞ。キャップの男はどこに消えた？」

「キャップも何も、順路逆走してくるような酔狂な奴はお前しかいなかったぞ。なんならペンギンに聞いてみろ。見てるかもな」

そう言った東横の顔はとても得意げで、俺はこいつの腹にパンチしたい衝動を抑えるのに必死だった。


かくして消えたキャップの男という謎を抱えたまま、俺たちはペンギンゾーンを抜けて二階に辿《たど》り着いていた。二階から見る大水槽というのもまた違う趣があって、青河さんなんて手すりを握ったまま、食い入るように眺めている。

もう二十分ぐらいしたらイルカショーということもあり、二階で一旦《いったん》自由行動という運びになった。開始五分前に海洋ゾーンを抜けた辺りで合流する予定だ。

実はキャップの男の消失については二人には「見失った」とだけ言って誤魔化してあった。話を無駄にややこしくして大水槽に夢中な青河さんの邪魔をしたくはないし、何より青河さんの好きそうな謎だ。先に解決の目星をつけてから打ち明けた方が格好良く見えるだろう。

俺は二階をあてもなくうろつきながら、先の人間消失について考えていた。人間は消えたりしない。どこかに見落としがある筈なんだが……。

考えがまとまらないまま近くの水槽に視線を向けていると、はんなりとした雰囲気の京美人が悪戯《いたずら》っぽい表情で俺に声をかけてきた。

「迷子か？」

千宮寺麗子《れいこ》さんだ。千宮寺さんは賀茂川乱歩の会長にして京都の老舗《しにせ》企業のご令嬢……そして東横の恋人でもある。

「いえ、ぼーっとしてました。千宮寺さんは？」

「引率も一段落したからな。イルカショーまでちょっと気になったところ見て回ろ思て」などと、東横と同じことを言っている。だったら一緒に見て回ればいいものを、とは思ったが余計なお世話かもしれない。

考えてみれば東横と千宮寺さんが付き合っていることをどれだけの会員が知っているというのだろうか。俺にはサークル内恋愛の作法はよく解らないが、こういうことはあまり公言しないものなのかもしれない。特に千宮寺さんは先々月に別の人と別れたばかりだ。だが一方で千宮寺さんや東横に好意を抱いてる会員がいるなら、やっぱり公言しておいた方がトラブルは少ないとも思うから、やはり正解はよく解らない。

俺がそんなことをぼんやり考えていると、千宮寺さんが嬉《うれ》しそうにこう言った。

「あ、遠近君。あれ、脱皮しかかってるで」

千宮寺さんの指す先には伊勢エビがいて、まさに自分の殻を脱ぎ捨てようとしているところだった。

伊勢エビのフォルムはこう、男の子の心には来るものがある。あの殻、頼んだら貰えたりしないだろうか。

「脱皮したてのエビって殻が柔らかいんですよね。だから襲われたら死んじゃうとか」

「あー、道理でなあ」

「何か心当たりでも？」

「去年、お呼ばれした会で柔《やら》かいままのエビを揚げたのを食べたわ。ソフトシェル伊勢エビって言うんやっけ。滅多に出回らないもんだけに美味《おい》しかったな」

流石にセレブは言うことが違う。

「ほらほら遠近君、君はあっち見とかなあかんのと違う？」

千宮寺さんに促されて見てみれば、いつの間にか少し離れたところにある水槽に青河さんがまた張り付いていた。俺は千宮寺さんに会釈して、青河さんの方へと向かう。


「何見てるの？」

「チンアナゴ」

「え？」

「だからチンアナゴ。あとニシキアナゴも」

そう言って青河さんは俺が覗《のぞ》けるだけのスペースを作ってくれた。

水槽を見ると、厚く敷かれた砂の中からひょろひょろと縞《しま》模様の細いものが突き出ていた。一瞬、イソギンチャクの一種かと思ったが、先端についたギョロリとした眼のお陰でそれが小さなウミヘビの仲間だと解る。なるほど、いわゆる寿司ネタのアナゴのイメージよりもずっと細くて小さいが、これがチンアナゴとニシキアナゴなのだろう。

近くの説明書きによると、あれでもまだ砂の下に身体を潜めていて、外敵の気配を察知するとすぐに身体の残りを潜らせる性質があるらしい。それだけ臆病《おくびょう》な生き物なのだそうだ。

ふと気になってパンフレットを開いたら、こいつらの写真が載っていた。おまけにグッズまで売っているという。俺が知らなかっただけで結構な人気者だったらしい。

五分ほど水槽の前にいたが、青河さんは飽きる様子もなくじっと水槽の中を眺めている。もしかしてこの人は何考えて生きてるのか解らない生き物が好きなのではないか。では俺もそう思われるように生きてみるか……などと馬鹿なことを考えながら、一足先に海洋ゾーンの出口に向かうと、そこにはもう藤さんがいた。

「早いねー。彼女はいいの？」

からかうような藤さんの問いに俺は首を強く振って、それから周囲を窺《うかが》う。幸い、聞かれて困るような人間は周囲にいなかった。

「あれ、本当に付き合ってないの？　その割には仲良く見えるけど」

尚《なお》もからかうようなことを言う藤さんに、俺は小声で応える。

「その、俺が青河さんを好きなのは本当ですよ。でも、まだ告白したわけじゃないですし……」

「そういう時期が一番楽しいのよね」

そう言うと藤さんは少し寂しそうな表情になった。

「……けどどこかで勇気を出さないと、きっと困ることになるわよ。もしかすると早めに告白して振られとけば良かったって思うかも」

「それってどういう……」

俺が踏み込もうとした瞬間、視界の端に青河さんの姿が入ったので、俺は黙り込んで青河さんを迎えに行った。

再度合流した俺たちはイルカスタジアムへ足を踏み入れた。

開始三分前だったが、イルカスタジアムの入りはそれなりだった。まあ、このスタジアム全体が埋まるほどの入館者がいたら、とてもさっきまでのように自由に見て回れた筈がないので、好きな席に座れる程度に広いと言い換えた方がいいかもしれない。

最前列でイルカを観察したいような歳でもないし、日差しを避けたいというのもあって、後ろの方の天井がある席に三人で腰を下ろした。後方の席だけあってサークルの人間のものと思《おぼ》しき背中もいくつか見える。ついでにキャップの男の姿も捜してみたが、意外とキャップを被っている人間も多かった。

俺がキャップの男捜しを諦《あきら》めた時、すぐ近くに座っていた小学生がどこか気まずそうな表情で前方の席へ移っていった。見間違えでなければ大水槽で走っていた小学生だったような気がするが、確証はない。せめてショーの間静かにしてくれれば文句はない。

そして午後四時、イルカショーは開演した。

トレーナーは男性一人に女性二人という構成だったが、一際目を引くのが男性トレーナーだ。一目で鍛えていると解る身体にほどよく焼けた肌をしたイケメンだった。小細工で誤魔化している我が身を思って忌々《いまいま》しくなったが、イルカを眺めて忘れることにした。

流石にイルカショーはオーソドックスだったが、イルカが動いている様を眺めるだけでも充分に楽しい。特に身体の腹側を見せながら立ち泳ぎしてるイルカというのはなかなか可愛らしい。

「次はイルカのジャンプ力を見て下さい」

マイクを持った女性トレーナーのアナウンスの後、イルカが水を蹴《け》って跳び上がる。ざっと五メートルは上に跳んだだろうか。だが見事な跳躍力に感心したのもつかの間、跳んだ角度がまずいことに気がついた。

手前から奥に向かって跳んでしまったせいで、下手をすればステージに墜落しそうだ。男性トレーナーが真剣な表情でマイクを持った女性トレーナーをかばうように前に出る。

ぶつかるか？ と思わず身を乗り出しかけたが、イルカはどうにかプールの中に落ちた。

「えーと、危なかったですけど、こういうこともありますね。はい、拍手をお願いします」

イルカショーにこういう緊張感は求めてないのだが、つい真剣に見入ってしまった。

俺が拍手をしていると、隣の藤さんがすっと立ち上がる。なんだか気分が優れないように見える。

「藤さん？」

藤さんはそのまま何も言わず、西側の出口へ走り去ってしまった。

「青河さん、ちょっと藤さんを見てくる」

藤さんの様子は明らかにおかしかった。俺は少し迷ったが、藤さんを追いかけることにした。

とりあえずスタジアムを出た俺が水族館の出口の方向である山紫水明ゾーンへ向かうと、

ハーベストカフェのそばのベンチに知った顔が座っていた。そいつは手元のホットドッグのようなものを神妙な表情で眺めている。

「何してるんだ、灰原《はいばら》？」

俺の声にはっとしたような顔で灰原花蓮《かれん》がこちらを見る。

灰原はハーフの女子アナっぽい派手な美人だ。俺が灰原と気後れせずに話せるのは単にサークル同期以上の関心がないからだと思う。

「私が食事をしてたら悪いの？」

こんな風に気が強いからそこまで積極的には絡みたいとは思わないのだが、今回は緊急事態だ。

「その表情でか？　食事はそんな顔したらいけないって法律で決まってるんだよ」

「お客の期待を裏切ってはいけないってのが経営学の鉄則なのよ。ほら」

よく見ると灰原が持っているのはホットドッグではなかった。ソーセージだと思ったものは魚、それも焼いた魚が丸々一尾挟まれていた。悪趣味な合成写真みたいだ。

「なんだそれ？」

「アユの塩焼きドッグ。軽い気持ちで頼んでみたけど、いざ食べようと思ったら勇気が……」

灰原の手元でアユが虚空を睨んでいる。確かに苦手な人間は駄目だろう。そうでなくてもアユとパンの組み合わせは勇気がいるというのに。

それにしても『京都の自然と希少生物を守ろう』がテーマの山紫水明ゾーンの一角でこんなものを売るなんて商売上手というかなんというか……。

「トーチカ、食べる?」

「……折角だしな」

正直、まったくもって気乗りはしなかったが俺も早く本題に入りたい。えいやと頭から行った。まずしょっぱさにがつんとやられた。遅れて淡泊なアユの身、そしてほろ苦いはらわたの風味がやってくる。味付けも素直な和風で、パンの部分さえなければそこまで違和感がない。

だがゆっくり味わう余裕もなく、俺はほとんど呑《の》むようにして食べきった。水無しで食べるべきではなかったなと胸をさする。

「なんちゅうもんを食わせてくれたんや……」

「えっ、美味しくなかった?」

「いや、案外イケるよ。これを考えた人間はどうかしてると思うけど。ああ、本題なんだけど、こっちに藤さん来なかった?」

「藤さん?」

怪訝《けげん》そうにそう問い返す灰原の顔を見て、俺は自分のミスに気がついた。

「って言っても解らないか。さっき俺と青河さんと一緒にいた女の人なんだけど」

「あの、背の高い女の人?」

ああ、良かった。それなら話が早い。

「そう。さっきまでみんなでイルカショー観てたんだけど、急にどこかに行っちゃって……なんか様子が変だったから気になってな」

「こっちには来てないと思うわ。塩焼きドッグ買ったのがちょうどイルカショーが始まるぐらいの時間だし」

「じゃあお前、イルカショー観てなかったのか」

そういえばイルカスタジアムで灰原の姿を見かけなかった気がする。

「私、イルカ苦手なの」

灰原は眉《まゆ》を顰《ひそ》めてそう言う。

「珍しいな。海で追いかけられたか？」

「そう。小学生の頃、ハワイでイルカに意地悪されて以来ね」

思いがけない方向から肯定された。

「イルカが賢いかどうかは解らないけど、歳をとったイルカは若い人間を馬鹿にするって聞いたことがある。あいつら、案外性格が悪いの」

「でもこの水族館はできて日も浅いし、イルカもまだ若いよ」

「若いってことはつまり芸が下手ってことなんだから」

本当にイルカに対して厳しい。それだけ子供の頃のトラウマは根深いということか。

「この間も事故があったらしいし、見て楽しいものじゃないでしょう。なんでこっちがハラハラしなくちゃなんないの」

確かにそれは一理ある。

「でも、藤さんがこっちに来てないとなると……また京の川ゾーンの方に戻ったのか」

「……折角だから捜す？　みんなに声かけるけど」

灰原が声をかけてくれるなら少なくとも男性陣は喜んで動いてくれるだろう。あとは千宮寺さんにも事情を説明すればどうにか……。

結局、出館予定時刻までの三十分弱の間、サークルの会員たちで藤さんをそれとなく捜す運びになった。しかしメンバーを総動員して行われた捜索の甲斐もなく、藤さんの姿を見かけることはなかった。


京都駅で千宮寺さんが解散を告げると、サークルメンバーは三々五々散って行った。真っ直ぐ家まで帰る者もいれば、折角京都駅前に来たのだからと買い物をしていく者もいる。俺は本屋に寄るという青河さんの後に付いていった結果、一緒のバスに乗って帰ることになった。

「藤さん、何か犯罪に巻き込まれたのかな？」

「というと？」

ちゃっかり青河さんの横に腰を下ろして今日のミッションを終えた気になっていた俺は

気の抜けた相づちを打ってしまった。

「イルカショーの時、近くにキャップの人がいたよね？」

「……そういえばいたね」

思い返すとそんな気もするが、イルカショーをやっていたのは夕方とはいえ夏場の屋外だ。帽子を被ってる人が多いなとは思ったが、殊更に注意を払わなかった。

「私、思うんだけど……」

青河さんはそう断りを入れて周囲を見回すと、隣の俺だけに聞こえるようにこう囁《ささや》いた。

「……イルカスタジアムが何かの取引の場だとしたらどう？」

唐突過ぎて何かの冗談かと思ったが、青河さんの瞳《ひとみ》は至って真剣だ。

「イルカスタジアムは千人強入れるほど広い施設だから、互いに顔も知らない人同士が取引をするのに向いてるかもって。こう、ベンチの下に何かを隠して、お金と物を交換するの……」

まるでアメリカの麻薬取引だ。まさかあの京都水族館でそんなこと行われている筈はないが……いや、ちゃんと根拠ぐらいは聞いておこう。

「興味深いけど、何か根拠があるの？」

「さっきのショー、イルカがジャンプに失敗しかけたでしょう」

「うん」

「もしかすると跳び上がる瞬間、何か聴き慣れない音にびっくりしたのかもしれない。ほら、イルカって人間には聴こえない音域も聴き取れるっていうから」

イルカは超音波を発することで仲間と会話したり、餌となる魚の位置を特定したりするという。

「でも聴き慣れない音って？」

俺がそう訊ねると青河さんは周囲を見回した後、少し声を落としてこう言った。

「……怪しい取引に超音波で合図を送り合っていたとしたらどうかな？　その超音波の影響でイルカがジャンプに失敗しかけた……」

「怪しい取引……麻薬とかそういうの？」

青河さんは神妙な顔で肯《うなず》く。

「そう。藤さんはふと客席でさっきぶつかった男が怪しい装置を操作していることに気がついた。水族館内で犯罪が行われていると思った藤さんは怖くなって逃げ出した……前の方の席にキャップを被った人が何人もいたから、その中の一人がそうだったのよ」

「……面白いね」

厳密にはその推理を口にしている青河さんが面白いのだが、そんなことはおくびにも出さずに俺は同意した。しかし、全然ピンとこない。

「確かに藤さんの様子がおかしくなったのはあのタイミングだけどね……そういえば、伝え忘れていた情報があるんだ」

俺がキャップの男の消失、それと灰原から聞いた若いイルカの芸が下手な話を伝えると、青河さんは少し残念そうな表情になった。

「……どうして教えてくれなかったの」

「ごめん。タイミングがなくて。それに……藤さんの前であなたにぶつかった男は消えましたよとはとても言えなかったんだよ」

青河さんはむくれているのか、すぐに窓の方を向いてしまった。普段は至ってクールなのに、謎を前にするとやや感情的になるらしい。また一つ、青河さんのことを知ることができた。

しかし人間消失が二件とは。これらが繫《つな》がっているのかいないのか、それすらもまだ解らない。だが、しばらく考えた後に俺は名案を思いつく。

こういう時こそ三号館に行けばいいのだ。

吉田キャンパスには客のどんな悩みも解決してしまう三号館という不思議なバーが存在する。ただ営業している場所は常に違うし、誰でもそこに行けるわけでもない。

だが、俺は既に二回訪ねることに成功している。なんとなく、今度も行けそうな気がするのだ。

外の様子を窺うと、もう熊野神社の傍を抜けるところだった。じきに大学だ。青河さんとの時間は名残惜しいがここらで降りよう。

「次は京大正門前」

そんな車内アナウンスが流れた瞬間、窓の外を見ていた筈の青河さんが急にこちらを振り向く。

「遠近君」

そう言う青河さんの瞳は真剣そのものだ。俺はつい居住まいを正してしまった。何を言うつもりだろう。

「はい」

「私、昨日二十歳になりました」

そうなのか。

「あ、おめでとう」

予想外の言葉だった。もう少し早く解っていれば京都水族館のお土産コーナーでオオサンショウウオのぬいぐるみを買ったというのに。いや、プレゼントを気軽に贈れるような間柄ではないのだが……。

「ねえ、遠近君」

だが、次の申し出は俺にとって更に予想外だった。

「二十歳のお祝いに私を三号館に連れて行ってくれない？」


土曜の夕方の大学はやっぱり静かだ。

バスを降りた俺たちは北側の正門から吉田キャンパスに入った。

「最初に断っておくと、行けるかどうかは保証しないよ」

　俺の言葉に青河さんが顔を曇らせたので、俺は慌ててフォローした。

「い、意地悪で言ってるわけじゃなくて何度か実験したからさ。まず三号館の営業場所は不定だし、行こうと思っても見つからないことが普通なんだよ。ただ、たった二回の成功例から考えるに、どうやら俺が謎を抱えた状態でこの辺りを歩くと三号館に辿り着けるみたいなんだ」

　だからこの思わぬ展開に関しては喜び半分、不安半分だ。上手く運べば誕生日祝いのデートということになるが、予約ができるような店でもない。さっきから必死に周囲を見回しているが、それらしい看板は見つかる気配がない。

「ただ、これはあくまで仮説だよ。おまけに誰かを連れて行けるかどうかも未検証だし……」

「……あれは？」

　吉田南総合館の西棟の壁面、壁に同化したような色合いの小さな看板があった。黄昏時《たそがれ》では見逃してしまってもおかしくない。そして、その看板にはかすれてはいるが確かに『ＢＡＲ』という文字が……。

「お手柄だよ、青河さん」

　看板には下向きの矢印も一緒に描かれていた。俺と青河さんは西棟の脇にある地下への狭い階段を下りていった。こんな階段使ったことない。気分はちょっとした冒険者だ。

階段を下りると、鉄製のドアが俺たちを待ち構えていた。俺がおそるおそるドアノブを捻《ひね》ると、それはあっさりと開いた。

俺たちは西棟の地下一階に入る。すると、左手の薄暗い廊下の奥から微《かす》かな灯《あか》りが漏れているのが見えた。

俺たちは肯き合うと、迷わず灯りの元の部屋の前まで行き、サクラ色の紙が貼られたドアを開けた。

俺と青河さんを出迎えたのはよく磨かれた古いカウンターと沢山の酒瓶、そしてカウンターの向こうに控える和装の美女……。

「いらっしゃい」

彼女こそ、バー三号館のマスター蒼馬《そうま》美希《みき》さんだ。ぱっと見は二十代半ばから後半ぐらいだが実年齢はよく解らない。

「本当にあったんだ」

そんなことを口にしてから、青河さんは俺に気がついたようにこう付け加えた。

「疑ってたわけじゃないけど、こうして入店できて嬉しいの」

「嬉しいね、宣伝してくれてたんだ。まあ、お座りよ」

そう促された俺たちがカウンターに座ると、蒼馬さんがそっとよく冷えた麦茶を出してくれた。これはありがたい。一気飲みしたい気持ちを抑えながら、俺は喉《のど》を湿らせた。

ふとカウンターに刻まれた無数のキズの中に新しく大きなものを見つけた。先月、俺がつけたキズに間違いない。してみると店の場所は変わっても中の備品は同じものらしい。

「可愛い子を連れて、今度こそデートかな？」

「さ、サークル活動の帰り道ですよ」

からかうようにそう言った蒼馬さんに俺は慌てて首を振る。一日に何度も同じからかわれ方をされるなんて。

ふと、青河さんの様子を窺うと、青河さんはどこかそわそわした様子で周囲を見回している。これはまんざらでもないということか？

「あの、メニューはどこですか？」

そっちか！

だが、折角の誕生祝いだ。青河さんには最高の時間を過ごして欲しい。だから俺はおそるおそる蒼馬さんにこんな注文をした。

「蒼馬さん、彼女へ二十歳になったお祝いに何か素敵な一杯をお願いできますか？」

「いいよ。任せておきなさい。けど、まずは話を聴かせて貰わないとね……おっと、つきだし代わりにいかがかな？」

細くカットされたサンドイッチが載った皿が二つ、俺と青河さんの前に出された。何か濃い緑色をしたものが挟まっているが、レタスとかそういうものではない。

「昔、イギリスの貴族たちはティータイムにお茶を飲みながらキューカンバーサンドイッチをかじったそうな」

キューカンバー……きゅうりだ。しかし、目の前のこれはきゅうりではないような気がするのだが。

「きゅうりって栄養ないのに、そんなの具にしてたんですか？」

青河さんが何気なくそんなことを訊ねる。

「栄養がないからこそ、かな。貴族は働かなくても良かったから、ローカロリーな方がむしろ好まれたんだろうね。でも、これは少しは身体に良いよ」

蒼馬さんに促されて俺と青河さんはサンドイッチに手を伸ばす。

それはサンドイッチとしては未知の食感だった。歯切れの良さを予想して噛《か》んだが、すぐに強靭《きょうじん》な繊維に阻まれる。そして不思議な粘り……。

口の中にほどよい塩味と濃厚なバターの風味が広がる。だが、しつこくないのは青さのお陰か。この風味と食感はもしや……。

「これ、オクラですか？」

「正解。いいのが手に入ったから作ってみたんだ」

まさかオクラのサンドイッチとは恐れ入った。なんて自由自在なんだ。

しかしこのオクラサンドイッチ、何かまだもうひと味ありそうなのだが、それがなんなのか解らない。

「君たちこそ、いい謎を仕入れてきたんだろう？　早く聴かせてくれないか」

「今日は京都水族館に行ってきたところです」

「おや、このサンドイッチと縁のある場所じゃないか」

何が関係してるのだろうか。まだ正体が解ってないのはこの塩味の由来ぐらいだが。

「……水族館の海水から作った塩を使ってるとかじゃないですよね？」

「まさか。まあ、大した謎かけじゃないよ。それより今日あったことを話して欲しいんだ」

俺と青河さんは片方が喋《しゃべ》りながらもう片方がサンドイッチに手を伸ばすといった塩梅《あんばい》で、交互に抜けを補いつつ蒼馬さんに一部始終を説明した。蒼馬さんの方は相づちを打ちながら、ナイフでリンゴを剝《む》いてくれている。どうやら食後のデザートまでケアしてくれるようだ。

「君たちはほとほと人間の消失に縁があるようだね」

「別に狙ってるわけじゃありませんよ」

「いやいや、私としてもありがたいよ。素敵な謎を運んできてくれるんだからね。さて、現時点での手応えはいかが？」

「なんだかジグソーパズルみたいです。きっと全部繫がる筈なのに、それをどう繫げていいのか解らなくて……」

青河さんは言葉を濁しながらサンドイッチを口に運ぶ。どうやら気に入ったらしい。

「俺も同じ感じですね。抽象画をバラしたジグソーパズルみたいでさっぱり……」

ジグソーパズルはまず外側を固めていくのがセオリーだが、この謎はどこが外側なのかもはっきりしない。

「とりあえず青河さんに記念すべき最初の一杯を作ろうか」

蒼馬さんはそう言って青い液体の入った二種類の瓶を二本、両手で掲げる。それを青河さんは興味深そうに眺めていた。

「それはお酒ですか？」

「そう、チャールストン・ブルーとブルー・キュラソー。青河さんの青に因《ちな》んでみたよ」

「……ありがとうございます」

「今回はチャールストン・ブルーを4、ブルー・キュラソーを1の割合で混ぜるよ。あとはライムジュース、アニゼット、トニックウォーターを適量……」

蒼馬さんは、まるで手で重さを感じ取っているような迷いの無さで材料を量り入れると、シェーカーを振る。

そして蒼馬さんは深めのグラスを取り出すと、氷と何か黄色い塊を入れ、そこにシェーカーから青い液体を注ぎ入れた。

「御神酒《おみき》をいかが？」

コースターと共に、青河さんの前に青の一杯が差し出される。なみなみと注がれた明るいブルーに黄色が泳いでいるなんて、まるで南の海みたいなカラーリングだ。

そんな一杯を青河さんはじっと見つめていた。

「これは？」

「アクアリウム。水族館に相応《ふさわ》しい一品だね」

最初の一杯ということで緊張しているのだろうか。しばらく青と見つめ合った後、ようやく意を決したように手を伸ばした。

「いただきます」

ゆっくりと持ち上げられたグラスが青河さんの唇に触れる。そして細く白い喉が微かに動いた。

「……美味しい」

そう言う青河さんはとても幸せそうだ。いつも俺は自分の感動をどう言語化するかで悩んでいるが、もしかしたら感動を伝えるのに余計な言葉などいらないのかもしれない。そう思わせるだけの説得力が今の青河さんにはあった。

続いて青河さんは例の黄色い塊を口に運ぶ。すぐ隣からシャク、という微かな音が聞こえてきて、それがリンゴであることに気がついた。カクテルにリンゴ、想像するしかないが不味《まず》い筈がない。

青河さんは幸せそうにアクアリウムに口をつける。当然、一口ちょうだいだなんてとても言える間柄ではないが実に酷だ。

俺がカウンターの向こうにすがるような眼を向けると、蒼馬さんは悪戯っぽい表情で首を横に振った。お預けということだろう。ああ、なんて残酷なんだ。

まあ、仮に飲ませて貰えなくても青河さんの表情だけで充分酔えそうだけど。

「そういえばチンアナゴは見たかな？」

アクアリウムが半分ほど無くなった頃、何気ない調子で蒼馬さんが声をかけてきた。

「あ、はい。可愛いですよね。ニシキアナゴも一緒でしたけど。家の水槽にいたら嬉しいなって思いました」

やはりあいつらは青河さんのお気に入りだったようだ。しまった、ぬいぐるみでも買ってプレゼントすれば良かった！　今更思いついても後の祭りだが。

「でも彼らはとても臆病な生き物なんだ。人間に覗かれてたら参っちゃうぐらいにね」

蒼馬さんの言葉で俺と青河さんは顔を見合わせる。

確かにそうだ。何気なくスルーしていたが言われてみれば確かにおかしい。あんな繊細な生物が始終人間に覗かれて平気な筈がないではないか。少なくとも砂の中に潜っていなければならない。

「……平気なのは、彼らから私たちが見えてないから」

「え？」

思わず問い返してしまった俺の向かいで蒼馬さんが肯いている。

「そういうことだね。一般的にチンアナゴやニシキアナゴを飼育する際はマジックミラーで外が見えないようにしてあげないといけないんだ」

そう、とても単純な話だった。もう少し注意深く考えていれば解っただけに、頭をロクに使っていないことがバレたようで恥ずかしかった。

「こちらが見えていないからこそ、彼らはリラックスした姿を私たちに見せてくれたんですね……」

少し寂しそうに俯《うつむ》いていた青河さんはすぐに顔を上げる。そして、何かを思いついたような表情でこう言った。

「もしかすると、藤さんもチンアナゴと同じだったのかもしれない」

「え？」

青河さんの唐突な言葉に面食らったが、なんでそんなことを言い出したのかはすぐに解った。俺はこの店で御神酒を口にする度、頭が冴《さ》えて謎が解けるようになった。その効果が御神酒を飲んだ青河さんにも出ているのかもしれない。

「遠近君が最初に声をかけた時、下心がある男の人が近づいてきたと警戒してた」

あれはなんか声をかけた方も凄く厭だった。

「けど、私が声をかけたらすぐにその警戒が解けた気がする」

「男の人に声をかけられたらナンパを疑うけど、それがカップルの片割れなら違うって解るものね」

俺の立場を知ってか知らずか、蒼馬さんがそんなきわどいことを言う。

「多分、最初に遠近君に声をかけられた時点では私の姿が見えていなかった……」

しかし青河さんは特に訂正することもなく推理を続ける。俺もそこに乗っかることにした。

「けど青河さんは俺のすぐ左隣にいたよね？　藤さんだってこっち向いてたし……」

「確かに私の方も向いてた。けど最初、藤さん遠近君の呼びかけに90度首を捻っただけだった。その状態で私の姿が見えなかったということは……」

一度そこで区切って、青河さんはアクアリウムの残りを一気に飲む。そして青河さんは少し頬を紅潮させながら、結論を告げた。

「右目の視力がなかったと考えると辻褄《つじつま》が合うの」


そういえば藤さんといる間、微妙な違和感があった。もしかすると、青河さんの言う通りなのかもしれないが、その発想はどこから出てきたのだろうか？

「だって遠近君の眼を見つめていたのに、左隣の私のことは見えなかった。けど声を聞いた瞬間にすぐに気がついた……」

「確かに視力に問題を抱えている疑いはあるね」

あの目薬もそれに関係していたのかもしれない。

「それに、そう仮定するとキャップの男が消えた件は説明できるの」

「聴かせてくれるかな？」

俺は内心焦りながらも平静を装って先を促した。青河さんの推理を先取りできていないのは予定と違う。

「私たちの横を走り抜けた小学生にぶつかられて転倒したんだと思う。ただ、藤さんは右後ろからぶつかられたせいで、駆け抜けていく小学生の姿が見えなかった」

確かに、小学生は背が小さいから余計に見えなかっただろう。そうか、腰の右側をさすっていたのも肩が当たったせいかもしれない。

「そうか、イルカスタジアムであの小学生がよそよそしかったのは、藤さんにぶつかったことに引け目を感じていたせいか……そりゃ、どんな奴が犯人かって訊かれても答えられる筈がないね」

「だから藤さんは咄嗟《とつさ》に質問の受け取り方をずらした。キャップを被っていたから顔を見ていないって言っておけば、それ以上答えなくても済むわけだから」

「ついでに、いる筈のない犯人が見つからないようにと、順路とは反対方向に逃げていったと言った。だから東横さんの存在は完全に計算外だったと思うわ」

犯人が消えたのではなく、そもそもいなかったというわけだ。

「消失の謎もそう考えてみれば呆気《あつけ》ないね」

「私たちが転んだ藤さんに一緒に手を伸ばした時のことを思い出して。結局、彼女は私たちの手を借りずに立ち上がったけど、あれは手を握らなかったんじゃなくて、握れなかったのよ」

「遠近感がないからか！」

人間は両目でものを見ることによって遠近感を掴んでいる。しかし片方の視力を失った途端に遠近感は失われ、少し離れたところにあるものを取るのにも苦労するようになる。

「あー、遠近って名前なのにそこに気がつかなかったとはなあ……片目しか視力がないことを隠したかったんだろうけど」

少し前からすれば推理は大きく前進していた。しかし何か思いつきそうなのに、見えない壁に阻まれたように前へ進まない。

まずい、このままでは青河さんの前でいいとこ無しで終わってしまう。

俺は蒼馬さんの方へすがるような視線を向けた。すると、蒼馬さんは意味深な笑みを俺に返してくれた。

「さて、遠近君もそろそろ御神酒をいかが？」

願ってもない！

「アクアリウムですか？」

「いやいや、また別の一杯を作るよ」

それは残念だ。

俺の落胆が伝わったのか、蒼馬さんは苦笑いしながらこう言った。

「けど、折角だからさっきのブルー・キュラソーには再登場していただくよ。あとはウォッカとレモンジュースだけだから、仕上がりはやっぱり青くなる」

以前見た『スーュジ檬檸』と書かれた謎の瓶が出てきた。かつてここで飲んだクローバー・リーフを思い出して、凄い勢いで俺の喉が渇き始める。やはりここの御神酒には妙な中毒性があるような気がする。

「ブルー・ラグーンだよ」

喉の渇きに気を取られている内に、真っ青なカクテルが出てきた。

ブルー・キュラソーを口にしたことはないが、度数の強いウォッカと強烈に酸っぱいレモンジュースが入っているのだ。お優しいカクテルの筈がない。

「いただきます」

俺は敢《あ》えて四分の一ほど口に流し込む。案の定、アルコールと酸味が暴れている。そして口の粘膜がギブアップする前に飲み込んだ。

喉から胃へ降りて行くのが解る。そしてそこから徐々に全身へ……。

「はあ……これです。久しぶりに飲めて良かった」

「大袈裟《おおげさ》だな。たった一月じゃないか」

脳のどこかをこじ開けられるような感覚、とても思考が軽い。今ならなんだって思いつけそうだ。

「その一月が長いんですよ。お陰で居酒屋の安カクテルが飲めない身体になりました」

「お世辞はいいから、推理を聴かせなさいな」

蒼馬さんは俺の頭の中を見透かしたようなことを言う。

「話がややこしかったのは人間の消失が二件起きたせいだよ。でもその内一件が藤さんの嘘から生まれてるなら、もう一件も他愛もない真相だと思う。だから怒らないで聞いて欲しいんだ」

「どんなの？」

「藤さんは水族館から消えたんじゃない。ただ、職員用の出入り口から出ていっただけなんだ」

なんだという結論だが、そう考えるしかない。

「藤さんが片目の視力がないことを隠していた理由を考えてみたんだ。そりゃ、初対面の学生に明かすようなことじゃないかもしれない。けど、どんな事故が起きるか解らないんだ。配慮を求めてもおかしくない」

「そうね」

青河さんが気持ち上機嫌で同意してくれた。楽しい。こんな時間を二人で過ごせるなんて夢のようだ。

「でも視力の件が露見したら、職を追われる可能性があるとしたら……そう考えた途端に辻褄が合うんだ。入り口からは出られない。出口からは出ていない。捜してもどこにもない……そして藤さんは職員の資格を備えている」

「確かに、水族館について詳しかった……けどそんな単純なことなの？」

青河さんは少し残念そうな声でそう言った。どうフォローしたものか迷っていると、蒼馬さんが助け船を出してくれた。

「そうがっかりするものじゃないよ。だって、新しい謎が見つかったじゃないか」

「新しい謎?」

「そう」

蒼馬さんはにっこり笑うと、こう続けた。

「京都水族館は年中無休、だけど人間は休まないといけない。つまりシフトがあるってことさ。これが何を意味するか解るかな?」

上手い誘導だ。俺ではこうはいかなかった。

「どうして藤さんは折角の休日を使ってわざわざ職場にやって来たのか……」

そう、一番大きな謎がそこだ。

青河さんはアクアリウムを一口飲むとまた考え込んだ。

「……普段働いていたら見えないものを見たかった、とか?」

「でも魚や動物たちは人間の都合なんて関係なく泳いでいる。見ようと思えばいつだって見られるじゃないか。ねえ、遠近君?」

蒼馬さんはさりげなく目配《めくば》せを寄越す。多分、解いてしまえという合図だろうか。

「え、ええ」

「けど、職員の立場で普段見られないものなんて……」

「一つだけあるよ」

もう少し推理を楽しませてあげても良かったが、ここはビシッと決めた方が格好がいい。

「……聴かせて」

「普段自分が出演しているイルカショーだけは見ることができないだろう？」

「より正確に言うと、藤さんはステージ側でなく、客席側からイルカショーを見に来たんじゃないかと思うんだ」

「つまり、藤さんもイルカのトレーナー？」

「うん。藤さんの右目は灰原が言っていたイルカの事故と無関係じゃないと思う」

あんなに危なっかしいジャンプをするイルカがいるぐらいだ。事故が起きてもおかしくはない。

「藤さんは少し前、調教中の事故で右目の視力を失った。それが一時的なものなのか、もっと深刻なものかは解らないけど、いずれにせよトレーナーの仕事を休んで治療する必要があった筈だ。だから、その前にあの男性トレーナーの気持ちを確かめたかったんじゃないかって思うんだ」

コミュニティ内の恋愛というのはとにかく難しい。それはこのサークルで痛感した。職場が同じなら尚更だ。

ましてライバルとなりそうな女性がトレーナーに二人もいたではないか。

「多分、藤さんはイルカがジャンプに失敗したことにショックを受けていたんじゃない。あの男性トレーナーが傍にいた女性トレーナーをかばう様子にショックを受けていたんだよ」

　きっと藤さんは泣き出したいぐらい悲しかったのだろう。しかしあくまで職員、客のいないスペースで泣こうと思ったのではないか。

「だから入り口で一緒に座れる人間を探していたのね……一人でショーを見に行ったのではステージから同僚に見つかる可能性が高くなるから」

「できれば後腐れのないカップルや団体の方が都合が良かったんだろうね。だからこそ、京の川ゾーンでその機会を窺ってたんじゃないかな」

　おそらく最初に出会った時に俺がハネられかけたのはナンパ目的の男だと後が面倒だと判断されたからだろう。

　そんなことを思いながら俺がブルー・ラグーンを飲んでいると、青河さんが腑《ふ》に落ちないような顔をしてこう呟《つぶや》いた。

「けど……そうまでして確かめたいことなのかな？」

「納得いかない？」

「ううん。というより、私にはそういう感じがよく解らないから……」

　その言葉を聴いた瞬間、胃に溜《た》まったブルー・ラグーンが全て重油に変わった気がした。

　今の気持ちをなんて言い表せば良いのだろう。ここで俺が自分の思いの丈をいくら青河さんに伝えたところで全く届かないのではないかという絶望たるや、これまでの二ヶ月余りの諸々《もろもろ》をぬか喜びに変えてしまうのに充分だった。

俺も青河さんも黙り込み、しばらくの間氷が転がる音しか店内に響かなかった。

「私が思うに……誰か好きになるということは結局、自分の都合に還元されるからだよ」

そんな重い空気の中、口を開いたのは蒼馬さんだ。

「いくら相手のために何かを提供できるつもりでいたって、相手がそこに価値を見いだしてくれなければ無意味なんだ。きっと藤さんという女性は自分の価値に確信が持てなかったんだろうね」

やはりあなたは最高のバーテンダーだ。今の俺の悩みをまるっと言語化してくれている。

「そんなわけで、互いに与えあえる関係を理想として求める人もいる。まあ、悲しいかな人間のすることだから、十全なマッチングというのはそうそう上手く行かない。でも、それでもいいんだよ。だからこそ、たまに起きる奇跡のような恋愛が輝くんだ」

「そう言われると、少しだけ藤さんの気持ちが解ったかもしれません」

「まあ、恋愛観は人それぞれだから、話半分で聴いた方がいいよ」

蒼馬さんは冗談めかしてそう言うと、手元をほとんど見ずにカクテルを作り始める。材料から判断するにおそらくブルー・ラグーンだ。

この店でのお代は客が持ち込んだ『謎』だ。そして蒼馬さんは謎をカクテルに溶かすようにして飲んでしまう。だからその一杯を作り出した時が帰り時なのだ。

そして蒼馬さんはできあがった深く青い液体を美味しそうに飲み干した。

「ご馳走《ちそう》様。今宵《こよい》も美味しい謎をありがとう」

「こちらこそ、美味しかったです。お酒もサンドイッチも。ねえ、遠近君?」

「……そうだね」

すっきりとした表情の青河さんとは対照的に、俺の心は泥沼にハマったままだった。

今日の俺は多分、青河さんにとって価値ある存在だったと思う。けど明日からどうだろう。もっと言えば将来的にはどうなのだろう……。

そもそも謎なんて、いつ出会えるかも解らないものではないか。

「あの、俺からも質問いいですか?」

「どうぞ」

「謎ってどうやって探したらいいですか?」

「おかしなことを訊くね。いつも見つけてくるじゃないか」

「いえ……ここで飲みたいけど、お代がないなんてことになったら厭だなって」

蒼馬さんが俺の質問の本当の意図をどこまで理解してくれたかは解らない。けど、彼女なら俺の悩みを晴らしてくれそうな気がしたのだ。

「そうだね……謎と出会えるかどうかは運だよ」

いきなり望まない解答だ。それでは運が悪いと駄目ということではないか。

だが、蒼馬さんはこう続けた。

「けど、謎を見つけられるかどうかは運じゃなくて腕……むしろ愛かな?」

「愛?」

「そう。何かに愛《いと》おしみをもって接することで、より深く対象を知り、結果的に謎の発見に繋がることもある。これは解るかな？」

「ええ」

「何事も知ったつもりにならずにもっと知ろうとしてごらん。そうしたら、きっと謎は向こうからやってくるよ」

蒼馬さんが言うからにはそうなのだろう。だったら、もっと精進するだけだ。

「あ！」

サンドイッチの最後の一切れを食べ終えた青河さんがはっとした表情で声を上げる。どうしたのだろうか。

青河さんは呼吸を整えると、蒼馬さんにこんなことを訊ねた。

「蒼馬さん、このサンドイッチと京都水族館に縁があるって言いましたよね？」

「言ったね」

「もしかして塩小路と塩麹《こうじ》をかけての発言ですか？」

あのオクラの塩味は塩麹か！

「ね、出会わなくたって見つかるだろう？」

蒼馬さんは微笑みながら肯く。

なるほど、合点が行った。見過ごしてしまいそうな程小さな謎だが、その気になれば言われなくても自力で謎に気づけたかもしれない。なんだか、また明日から頑張れそうな気がしてきた。

「……お粗末様でした」

蒼馬さんのその言葉が合図となり、俺たちは退店した。


七時はとうに過ぎていた筈だがまだ外は暗くなりきっていなかった。俺はもう真夏がすぐそこまで迫ってきていることを実感した。

「遠近君、蒼馬さんの後ろに名札のついたボトルがあったけど、あれ何かな？」

青河さんに言われて思い出したが、そういえばそんなものもあった気がする。

「ボトルキープってやつじゃないかな。常連向けの」

「他にもお客さんいるんだね」

他の客……そんなこと考えもしなかった。今後は誰か他の客と鉢合わせしたりするのだろうか。いや、そもそも次があるのだろうか……。

「あの、青河さん……」

俺が「また行こうね」と言おうとした瞬間、携帯電話に着信があり、言葉を中断する羽目になった。東横からだ。

俺は苛立《いらだ》ちと安堵がない交ぜになった状態で電話に出た。

「おう、なんだよ！」

『おい、たった今、藤さんを見かけたんだが……』

一瞬だけ驚いたが、東横の現在地を考えたらまあ妥当な内容だ。

「って、どうせ千宮寺さんとまた水族館に行ってたんだろ？」

電話口の向こうで東横が絶句したのが解った。

『おい、なんで解った？』

「日中あんなに別行動してたんだ。解散後デートするつもりだろうなって思ったんだよ」

京都水族館は期間限定で夜も営業している時があるという。俺もあわよくば青河さんと、と思ったから東横の気持ちはよく解った。

『……その洞察力を恋愛に活かせよ』

大きなお世話だ。

「それよりちょっと訊きたいことがあるんだが、藤さんに声をかけられるか？」

『無理だ』

「なんでだ？　先月出した勇気を思い出せ」

『馬鹿。藤さんにも連れがいるんだよ』

連れ？

『……気のせいでなかったら、あのイルカショーにいたイケメンのトレーナーかと思うんだが……その、なんか、幸せそうだったんだ』

ああ、あの人は最後に勇気を出したのだ。俺なんかとは違って……。

「解った。もういいよ。そっちはそっちで幸せにやってくれ」

『おい⁉』

俺は東横の返事を待たずに切った。また後で怒ってくるかもしれないが、その時に事情を話せばいい。

「どうやら藤さん、上手く行ったらしいよ」

俺が東横から聞いた話を伝えると、青河さんは何事か考えていたが、やがて少し微笑んでこう囁いた。

「……また行きたいね」

ああ、青河さんがこんなに感情が豊かだったなんて知らなかった。偶然であれ、知ることができた俺は幸せだ。

「うん」

反面、俺は恐ろしかった。仲良くなった分だけ破局が怖い。後になればなるほど、勇気が必要になるに違いない。

「……また必ず」

けれどもう手遅れ……どうにも君に溺《おぼ》れそうなんだ。

ペイルライダーに魅入られて

cocktail recipes 4

Pale Rider
ペイルライダー

ボンベイサファイアジン……20ml
マスカットリキュール……10ml
アブサン……5ml
アップルジュース……20ml
洋ナシシロップ……5ml
ブルーキュラソー……5ml

やはり出席してればどうにかなる授業はありがたい。

植物自然史Aの最終コマは野外実習だった。これまで座学ばっかりだったのが、最後ということで吉田構内の自然を見て回るという形式になった。まあ、欠伸《あくび》を堪《こら》えて座っている必要がない分、楽は楽だ。

俺、遠近倫人は五月六月のサボりを挽回《ばんかい》すべく、七月は熱心に授業に出ていた。お陰でここのところ遅寝早起き、毎日眠くて仕方が無い。

悪い先輩たちの話を総合すると一回生の前期でコケてもどうにかなるらしいが、それではどうにも格好がつかない。俺だって見栄《みえ》を張りたい相手がいるのだ。

「遠近君、そっちには何かあった？」

ちょうどその相手である青河幸さんが声をかけてくれた。

「あ、いや、なかなか面白いものは見つからないね」

強いて文句を付けるとしたら暑さぐらいか。盆地だけあって七月の京都は無駄に暑い。俺たちはできるだけ木陰を選んで移動しながら観察を続けていた。

「そういえば明日、行く？」

思いを寄せている人からそんなことを言われた俺の気持ちを察して欲しい。すわ二人きりのお誘いかと思ったが、そうではないことを思い出した。

「ああ、臨時例会……」

俺と青河さんが所属している散策サークル、賀茂川乱歩は月に二回、例会として京都の観光をしている。基本的に例会は参加希望者の多い週末なのだが、今回は平日にしないといけない事情があるのだ。

「祇園祭は日程が決まってるから仕方ないよね」

そう、今回のお目当ては祇園祭だ。

京都の祭りといえば祇園祭、そして祇園祭といえば山鉾《やまほこ》巡行……らしいが俺は祇園祭についてはあまり知らない。ただざっと聞いた話によれば七月十七日の山鉾巡行がメインイベントで、俺たちが行く宵山はその前夜の祭りに当たるらしい。

「行くつもりだよ。一回生の今が一番余裕がある時期だろうし」

どうか見栄を張るのを許して欲しい。正直なところ、俺はこの小さなサボりさえ怖くて仕方がない。

「解った。千宮寺さんにもそう言っておくね」

厳密には宵山は三日間にわたって行われ、今回の例会で行くのはその初日、宵々々山だそうだ。京都の街の中心の一部が歩行者天国になり、屋台が沢山立ち並ぶのもこの日から。確かに、どうせ行くなら一番活気のある初日だ。

約束の確認が終わると俺たちの間からは会話が無くなった。しかし青河さんは俺の前から消えるわけでもなく、じっと近くの植物を眺めていた。

残念ながら俺たちは付き合っているわけではない。けれど一応は友達以上の関係にあると思う。それだけでも俺には充分過ぎる。

だから今はただ一緒にいるこの時間が最高なのだ。

「あなたたち、そろそろ実習の時間が終わるわよ」

突然かけられた声が俺を現実に引き戻す。声のした方を向けば、眼鏡と白衣の賢そうなお姉さんが何だかニヤニヤしながらこちらを見ていた。

「落合さん……」

落合さんは植物自然史Aのアシスタントだ。最初に見た時は二十代ぐらいの大学院生だと思ったが、どうやらもう三十は過ぎているらしい。もしかすると若返りの研究でもやってるのかもしれない。

「何か収穫はあった？」

「そうですねえ……」

どうやら青河さんとダベっていたと思われてるみたいだ。

何か言わなければ。そう思って俺は地面を見るが、足元の草は綺麗《きれい》に刈り取られていた。浮かれてたせいで気がつかなかった。確かにこれではダベっていたと思われても仕方が無い。

いや、こういう時は発想を逆転させればいいんだ！

「実はこの辺の刈り取られた草は何か価値のあるものだったんじゃないかなって話をして

たんです」

青河さんが少しだけ感心したような表情で俺を見てくれた。少しだけ気分がいい。

「……いい着眼点ね。どれどれ」

しゃがんだ落合さんは残った草を毟《むし》ると軽く嗅《か》ぎ、すぐにピンと来たという表情で俺たちの顔を見る。

「あー、これはニガヨモギだね」

「ニガヨモギ……そんな珍しい草なんですか？」

「ううん、全然。日本全国、その気になればすぐに見つかるよ」

落合さんはあっけらかんと言い放つ。

「じゃあ価値はないんですね……それにしては綺麗に刈り取られてる気がするんですが」

俺が食い下がると落合さんは少し考えた後、こんなことを訊《たず》ねてきた。

「君は脱法ハーブって知ってる？」

「はい、一応」

脱法ハーブというのは簡単に言うと、吸引したり摂取したりすることで大麻などと似た効果が得られるが、それ自体は法律で取り締まられる対象ではないハーブだ。勿論《もちろん》、脱法ハーブの流通による社会への悪影響を考慮した行政の方でも対策を採っているが、現実にはいたちごっこが続いているらしい。

「ニガヨモギにはツヨンっていう幻覚を見せる成分が含まれててね。それが大麻の有効成分であるテトラヒドロカンナビノールとよく似てるのよ。上手《うま》く加工すればあっさり脱法ハーブになると思うけど……あなたたちは手を出しちゃ駄目よ？」

「私はアブサンで我慢します」

意外にも青河さんが話に食いついた。

確かそういう名前のアルコールがあるのは知ってるが、ここは黙って青河さんの解説を聴こうかな。

「アブサンって？」

俺がすっとぼけてそう訊ねると、青河さんは心持ち得意げに胸を張った。

「ニガヨモギのお酒といえばアブサンだから。勿論、アニスとか他のハーブも原材料にしてるけど、みんなツヨンのために飲んでたから。昔のフランスの芸術家を文字通りおかしくしたお酒。ゴッホの自殺もアブサンが原因って言われてるの。結局、あまりに中毒者が出たせいで禁止されたって」

つまりアルコール抽出した大麻を飲んでたようなものか。それはヤバい。

「アブサン、『ダメ。ゼッタイ。』ってわけか。でもそんな危ないお酒、今でも売ってるの？」

青河さんはこくんと肯《うなず》く。

「ツヨンの量を抑えたら作ってもいいってことになってるみたい。実はこの間、一本買ってみたの。少し舐《な》めただけできつくてやめちゃったけど、蒼馬さんなら美味《おい》しくしてくれると思う」

蒼馬さんというのは俺が唯一行きつけにしているバー、三号館のバーテンダーだ。先月、神懸かった偶然の末に青河さんの二十歳の誕生日を三号館で祝うことができた。以来、青河さんは酒に興味を持ち始めているらしい。

確かに蒼馬さんならどんな酒でも美味しいカクテルに仕上げてしまうだろう。

「でも、ここで草を刈って怪しまれないのって学内の人間ですよね。じゃあ、学内にそういう犯罪集団がいるってことですか？」

「……もしかすると月光密造社の仕業かもね。ニガヨモギなら危ないお酒や煙草が作れそうだし」

「なんですかそれ？」

「謎の団体、月光密造社が学校のどこかでこっそり酒や煙草を密造してるって……私が今のあなたたちぐらいの頃からある噂だけど、聞いたことない？」

「いや」

「昔は夜に月光の下で作ったから、密造酒のことをムーンシャインって呼んだって教えて貰《もら》ったことがあるけど。確か、密造されたお酒の一部は学校のどこかにあるバーで飲めるって……」

俺と青河さんは思わず顔を見合わせた。お互い大きな心当たりがあったからだ。

「それって……」

俺が落合さんに詳細を訊ねようとした時、三限の終了を告げる鐘が鳴った。残念ながら今日はこれでタイムアップらしかった。

そして迎えた翌日十四日の午後六時前、俺は集合場所である三条京阪駅の土下座像（そう呼ばれている像が本当にあるのだ）前に立っていたわけだが、頭の中ではレポート課題がグルグルしていた。

サボったのもあるが、とにかく授業を登録し過ぎた。しばらくは綱渡りみたいなスケジュールでレポートを書かないと乗り切れなそうだ。

文系科目はまあ教科書なりノートなりがあればどうにか対応できそうだが、理系科目はそうはいかない。特に今日の四限に発表されたばかりの、生活のための数学（という名前の授業だ）の課題が実に厄介だ。

『前期で取り扱ったモンティ・ホール問題について、どの程度理解できているかを採点基準とする。

モンティ・ホール問題で扱われるゲームについて、自分なりの変則ルールを設定した上で、プレイヤーが取るべき最適戦略について述べよ』

モンティ・ホール問題というのはもとはアメリカのテレビ番組の「賭《か》け」コーナーから始まった議論で、名称もその番組の司会者に由来し、確率論の世界ではとても有名らしい(勿論、俺は知らなかったわけだが)。

簡単に解説しよう。まずディーラーはプレイヤーの前にカードを三枚伏せて配る。プレイヤーは一枚しかないアタリを引けば勝ちというシンプルなゲームがあると思って欲しい。当然、ハズレは二枚あるわけで、この条件だとプレイヤーがノーヒントでアタリを引く確率は1／3だ。

しかしこのゲームには追加の特殊ルールがある。プレイヤーはカードを一枚選んだ時点ではまだオープンしない。その代わり、ディーラーはプレイヤーが選んでいない二枚からハズレのカードを選んで一枚オープンする。そしてプレイヤーに「もし気が変わったのなら選び直してもいい」と告げるのだ。

なんとなく選び直そうが直すまいが変わらないような気がするかもしれないが、それこそがこのゲームの罠《わな》なのだ。

結論から言うと選び直した方がいい。何故ならこのルールだと最初にハズレを選んでいた場合、選び直すと必ずアタリになるからだ。最初にハズレを選ぶ確率は2／3……故に選び直せば2／3の確率でアタリを引ける。

アタリを引く確率は選び直さなければ1／3、選び直せば2／3なのだから、確率は単純に二倍になるというわけだ。

まあ、そんな説明をされたところですぐに納得する人間はそんなに多くない。むしろ、やっぱり選び直さなくてもいいと思ってしまうのが人情だろう。

このように直感と本質の間には食い違いがあるという教訓を含んだ一連の話をモンティ・ホール問題と呼ぶ。あまりこの課題だけに時間をかけてもいられないのだが、どうアプローチしたものか……。

「どないしたん？　浮かない顔してるけど」

いつの間にか、はんなり京美人が俺の顔を覗《のぞ》き込んでいた。

「いや、レポートのことを考えてただけですよ。数学はそんなに得意じゃないんで」

彼女は千宮寺麗子さん、俺の先輩であり賀茂川乱歩の会長だ。更には地元の老舗《しにせ》企業のご令嬢らしい。

「なんや、遠近君。そんなん、さっちゃんに訊《き》けば一発やんか。むしろ絶好の話題やろ」

「そりゃ、青河さんに訊けば早いですよ。でもレポートにかこつけて自分の理解が追いついてない話をするなんて、よくないと思うんですよ！」

俺がそう言い切ると、千宮寺さんはニコリと笑った。

「遠近君のそういうとこ、格好いいと思うで。まあ、だったら東横君に相談し」

東横というのは俺の中高時代からの悪友で、今は千宮寺さんの彼氏でもある。

そういえば東横の姿が見えない。千宮寺さんを一人にしといて許されるのか？

「あれ、東横は一緒じゃないんですか？　アイツ、来るみたいなこと言ってたんですけど」

俺がそう言うと、千宮寺さんは実に味のある表情になった。

「……週明けの語学の試験に集中して貰うためにお休みして貰ってん。再履は落としたらアカンからな……というわけで今日の引率はウチだけや」

再履なら仕方ない。

俺は深く肯くと、東横の健闘を一方的に祈った。

「でも千宮寺さんだって試験とか課題とかあるんじゃないですか?」

「そりゃ、あるけどな。宵山は年に一回だけやから、また今度ってわけにもいかんやろ。それに何より、可愛い後輩たちの縁結びのためやんか」

「ご配慮、ありがとうございます!」

俺は心から深々と頭を下げる。

「そういえばさっちゃんは家から直接来るから、第二ポイントで合流や」

今日はまず六時に三条京阪駅で集合した後、六時半に烏丸三条で改めて集合する手はずになっている。遅れて来る人や家がそちら側にある人への配慮の結果だ。

「喜び、遠近君。ついさっき、さっちゃんの部屋で浴衣《ゆかた》の着付け手伝ったからな。まあ楽しみにしとき」

俺は無言で手刀を切った。

「千宮寺さん、今日は洋服なんですね」

お稽古《けいこ》事の多い千宮寺さんには和服がユニフォームみたいなイメージがある。

「引率するなら動きやすい格好のがええからな」

ごもっとも。

「言うても参加率はいつもよりずっと低いから、ウチ一人でも充分やねんけどな」

確かに今日は全体的に人が少ない。全部で十一人らしい。

「なんか二回生と三回生に偏った分布ですね」

「まあ、この時期に遊ぶのは完全に自己責任やからなあ。一回生は大学入って初めての定期考査やし、四回生は卒業かかってる人ばっかりやし。まあ、今日はかえってちょうどええんかもしれへんな」

「え？」

千宮寺さんは銀色のチケットを扇のように広げて笑う。

「これ、山鉾の特別拝観券。毎年ウチんとこに送られてくるやつ」

流石《さすが》は老舗企業。そういう割り当てがあるのか。

「特別ってことは山鉾って俺たちしか入れないんですか？」

「ううん。南観音山《みなみかんのんやま》は一般の人でもお金払ったら入れるよ。これはあくまで招待状やな。けど、一般用の拝観券は普通の紙やから」

千宮寺さんはそう言いながら俺に特別拝観券を一枚渡してくれた。よく見れば券には銀の箔《はく》押し加工がされた上に『南観音山山鉾』と読める判が押してあり、持っただけでちょっとしたＶＩＰ気分が味わえる。シリアルナンバーが振ってあるのもそれらしい。

「この特別拝観券って回収されちゃうんですか？」

「いや、使用済みの判子押されるだけで持って帰れるよ。だからちょうどええって言うたやろ。割り勘するにしても銀か普通のかで揉《も》めたら厭《いや》やし、配るウチも気を遣うやんか」

「確かに」

俺がそう相づちを打つと、他の参加者らしい人影がこちらへ向かって来ていることに気がついた。

「お、駅組は全員揃ったんと違うかな？　点呼したら出発しよか」


それからほどなくして俺たちは移動を開始した。普段は三条京阪駅から烏丸通まで西へ真っ直ぐ歩くだけなら十五分かそこらで着くのだが、やはりこの人混みではなかなか思うように進めなかった。結局、烏丸通まで辿《たど》り着けたのは六時二十五分過ぎだった。これを見越しての駅前六時出発だったのだろう。

しかし苦労しただけあってご褒美もあった。浴衣姿の青河さんが待っていたからだ。

「うんうん。さっちゃん、よう似合《にお》てるで」

紺地に花柄というありふれたデザインの浴衣だったが、青河さんが着ているという一点でもう一切の不満がなかった。

「……着付け手伝ったの、千宮寺さんでしょ」

そんな風に照れる青河さんは妙に新鮮で、これで単位をいくつか失っても悔いはないと思えた。

「えーと、烏丸三条組は三人やから。さっちゃんと市来《いちき》君はおる……あとは面浦《おもうら》さんか」

そう言って千宮寺さんは周囲を見回す。これだけ人が多いと、ぱっと目当ての人を捜すのも一苦労だ。俺も捜すのを手伝うことにした。

するとほどなくして、派手なピンクのアロハシャツに色眼鏡の遊び人ファッションの人と眼が合う。ただ怖い感じはあまりせず、むしろ優男なのが救いだった。

その人はニヤリと笑うと、こちらへずんずん進んできた。そしていつもの調子でこんなことを言った。

「おう、トーチカ。一緒に飲もうぜ」

この人は面浦一初《はじめ》さん。俺と同じ法学部の四回生だが、真面目に勉強している様子は全くない。むしろ見た目通りの遊び人らしいが、遊びはもっぱらギャンブルで、むしろ女遊びは全くしないそうだ。変なところで硬派な上に後輩の面倒見がいいので、サークルの女性会員から割と慕われている。

「いや、俺は帰ってレポートしないといけないんで……」

尊敬できる要素はあまりないのだが、俺はどういうわけかこの人を嫌いになれなかった。むしろ、三つ離れた実の兄みたいな気さえしてくる。

「気にすんな。俺も明日〆切のレポートがあるんだ。奢《おご》ってやるから少しつきあえよ」

肉親のように感じていても疎ましいものは疎ましい。まして、今から青河さんと一緒の時間を楽しむつもりだったのに。

「さては出すつもりありませんね？」

「それは身体の調子次第だなあ。恨むなら今日サボったヤブを恨めよ。あいつ、クレー射撃部の集まりを取りやがった」

藪《やぶ》さんは面浦さんと同じ四回生の寡黙な人で、既に大手銀行に内定が決まってる。まあ最後の祇園祭なのだから、どう過ごすかは個人の自由だろう。

「俺と遊んでくれよ。なあ、いいだろ？」

憎めない人であるのは間違いないのだが、今この瞬間については絶妙に邪魔な存在だった。

「はいはい、じゃあみんな移動しようか」

千宮寺さんは手を叩《たた》いて皆の注意を集めた。

「目的地は南観音山やから、はぐれたら新町蛸薬師《しんまちたこやくし》辺りにいといてくれたら大丈夫やで」

そして意味深な表情で俺の方を見た後、青河さんの手を引いて歩き出した。あれはきっと「悪い虫は避けたるから諦《あきら》めなさい」という意味だろうな……。

というわけで俺は面浦さんと歩く羽目になった。

青河さんと一緒に歩けない時点で参加した意味の大半を失ったわけだが、まあ実際に歩くと良かったと思う面もある。

普段は車がひっきりなしに走ってる大通りも、今日は屋台の立ち並ぶ歩行者天国になっている。京都の大動脈を我が物顔で歩ける機会なんてそうそうないではないか。

「ちょっと、人が多いんですから歩き煙草は止めましょうよ！」

俺はシガレットケース……『ＭＳ』という謎のロゴが入ってるが……から一本取り出そうとした面浦さんをたしなめた。

「ああ、悪い。完全に無意識だったわ」

面浦さんは素直にシガレットケースをしまった。

「ところでお前、祭りに来たらチョコバナナ食べるタイプ？」

「……二十歳過ぎてチョコバナナ食べたら駄目ですか？」

「質問を質問で返すなよ。まあいいや。優しい先輩は後輩に一本奢ってやることにした。おっちゃん、二本よろしく」

面浦さんは近くの屋台にちょいと顔を突っ込むと、割り箸《ばし》の刺さった緑色の棒を一本俺にくれた。変わったチョコバナナかと思ったが、バナナにしては青すぎるし、かかっているのは何かのタレだ。

気になって屋台の看板を見れば、『きゅうり一本漬け』と書かれている。チョコバナナ好きな俺への厭がらせとしては最高の一品だ。

「ささ、冷めない内に」

元々冷えてるでしょうと突っ込む気力も湧かず、俺はヤケ気味に一本漬けを齧《かじ》る。

……ん？

勿論、チョコバナナのように甘くはないが、ほどよい塩気とタレがきゅうりの味を引き締めている。瑞々《みずみず》しいが、水っぽくはない。

「ん、男と一緒に食べるきゅうりは美味《うま》いか？」

「しょっぱいです！」

だが何気に美味いのが悔しい。ビールが欲しくなる味だ。

「じゃあ、かわいいトーチカ君にはビールをおまけしてやろう」

「そんな、悪いですよ」

「気にすんな。昨日も麻雀《マージャン》で勝っちまったよ。元々博打《ばくち》なら誰とやってもそんなに負ける気がしねえが、最近は特に絶好調なんだ。遠慮すんなって」

結局、俺は山鉾への移動中に両手を塞《ふさ》いで歩くのは危ないという理由をつけて、なんとかビールを固辞した。すると一理あると思ったのか、面浦さんもビールを買うのを止めた。

「なあ、いいこと教えてやるよ」

一本漬けを齧っている俺に面浦さんがそう囁《ささや》く。

「八坂神社の神紋って、なんとなくきゅうりに似てるんだよ」

「はあ……」

　それがどうしたというのだろう。

「だから京都人は祇園祭のある七月はきゅうりを食べないらしいな」

「はあ⁉」

「インドで牛食べてるようなもんだ。お前、袋叩きにされたって文句言えねえぞ」

　そんなの、解ってて食べさせる方が問題だ。

「はっはっは、気にすんなよ。そんな風に人の目ばかり気にしてると、楽しくないぜ」

　確かに俺にはそんなところがある。

「第一、そんなこと知ってる奴がこの場にどれだけいるんだ？　売る奴がいて買う奴もいるってのはそういうことだろ。お前さえ気にしなけりゃそれでいいんだって」

　とはいえ、流石に町家ゾーンにきゅうりを持ち込む気は起きなくて、残りを一気に食べてしまった。

「そういえば面浦さん、今年卒業するんですか？」

「さあな。気が向いたらするかもしれんが、今は大学の名前だけで内定が出る時代でもねえからな」

　あ、やっぱり進路は決まってないのか。

「進路なんてよりどりみどりだって言われたから面倒な受験勉強してやったのによ。今の就活の状況なんて高校の教師は知らんぷりしてやがったし、両親なんて知ろうともしねえ。

それで結果出せって言われてもな」

何か厭なことがあったのだろう。ただ就活に失敗しただけかもしれないが。

「なあ、トーチカ。結局、人生は自分だけのもんだ。一回しかない人生、生きたいように生きねぇと必ず後悔するぜ」

「けど、実際は自分がどう生きたいのかすら解らない人の方が多いんじゃないですか？」

俺がそう言うと、面浦さんは苦笑いで応じた。

「……早めに気がついて良かったな。あと二年ぐらいでそれを見つけとけ」

まるで自分はもう見つけているような口ぶりだ。まさかギャンブルで一生食べていくつもりなのだろうか。


十七日には山鉾巡行が行われるが、宵山の期間中は町中で山鉾を眺めることができる。さっき貰った祇園祭のパンフレットを見る限り、山鉾の設置場所は四条烏丸のやや西寄りのゾーンに集中しているようだ。

そして目的の南観音山は新町蛸薬師のすぐ南が定位置になっている。

招待状がないと入れない山鉾やそもそも立ち入りが禁止されている山鉾が多い中、南観音山は観光客でも入ることができる山鉾の一つだ。すぐ傍にある町屋の二階から、特設の渡り廊下を通って上がれるらしい。

「顔見知りのよしみで少し早うに入れて貰えることになったけど、あまり広ないし、ゆっくりする場所でもないから、皆適当なタイミングで入ることにしよか」

そう言いながら千宮寺さんは俺に目配《めくば》せを寄越す。上手いこと面浦さんをあしらって、青河さんを誘えと言っているのだろう。

正式な開始時間は午後七時から。今は六時四十五分、まあちょっと入って出てくる分には充分な時間か。だが、やはり誘うという行為には勇気を伴う。俺は青河さんを誘う決意を固めるまで約五分要した。

よし、行くか。そう思って動こうとした瞬間、いきなり肩に手がかかった。

「若いってのは……本当にいいもんですなあ」

面浦さんだ。最悪のタイミングで捕まってしまった。

「なんですかいきなり？」

「いや、お前見てると昔の自分思い出すんだよな。恋愛がからむとどうしてそんなに余裕がなくなるんだ？」

「なっ」

俺は周囲を見回す。だが、俺たちが立っている南観音山のすぐ東には幸いにして知った顔はいなかった。とりあえず一安心だ。

「いきなり変なこと言わないで下さいよ」

面浦さんはこちらに少し顔を近づけると、声を潜めてこんなことを言った。

「あのな、青河を狙ってるのはお前だけじゃないんだぞ」

「……もしかして面浦さんもですか？」

真面目な顔でそう訊ねると面浦さんに軽く頭を叩かれた。

「そうじゃねえよ、バーカ。春からこっち、サークル内でもう何組カップルが成立したと思ってんだ。会長入れて五組だぞ？　あぶれた奴の中には焦ってる奴もいるんだよ」

それは俺が極力考えないようにしてきたことだ。

「会長たちがお前らの応援してんのは知ってるけどよ。所詮《しょせん》、他人は他人の都合で動くんだ。お前の都合なんか関係ない。ほら、上見てみろ」

「上？」

「市来と青河、一緒だぜ？」

聞いた瞬間、反射的に上を見ていた。

まず少し不健康そうな太り方をしている眼鏡の青年が見えた。あれは確かに二回生の先輩、市来さんだ。そしてすぐ隣には紺色の浴衣の袖《そで》が見える。

一緒に入ろうと思ってたのに、どうして……。

「青河がどういうつもりで一緒にいるのかは俺だって知らねえよ。たまたま一緒になっただけならいいけど、市来がタイミングを計ってたのかもしれない。あるいは強引に引っ張って行ったのかもしれない。けどよ、それは青河が悪いってことにはならないだろ。あの子だって人形じゃないんだ。誰かが自由意思に基づいて選んだ行動に文句をつける権利はねぇよ」

流石は先輩、含蓄のあるお言葉だ。

「喉渇いたから、ビールでも買ってくるわ。お前も飲むか？」

「……俺はいいです」

力なく首を振って、俺は面浦さんを見送った。

そうか。俺が保留している間にも状況はどんどん動いているわけか。確かにいつまでもこのままではいられない。けど、どうすればいいんだ？

南観音山の東側、柵《さく》の前で俺が一人物思いにふけっていると、突然頭上で『ぱん』という音がして、思わず頭上を見上げてしまった。俺だけでなく、周囲の人も皆上を見ている。

しかし音の正体はさっぱり解らず、俺が視線を戻そうと思った瞬間……。

「トーチカ！」

南の方から面浦さんの声がして、俺はすぐにそちらを向く。すると、どういうわけか青河さんを抱き抱えた面浦さんの姿があり、俺は声を失った。

「青河が落ちた」

面浦さんは比較的人のいない町家の前まで青河さんの身体を運ぶ。流血している様子はないが、ぐったりとして具合はかなり悪そうだ。

「……悪い、つい抱えちまった」

そう言って面浦さんは青河さんの身体をそっと降ろす。手を固く握りしめ、何かにうなされたような表情で気を失っている。

「『ぱん』って音が鳴って、気がついたら山の南側で倒れてた。頭を打ってないことを願うしかないな。俺は千宮寺に相談してくるから、お前は救急車を頼む」

「解りました！」

駆け出す面浦さんの背を見ながら俺が119番にかけようとすると、青河さんが微《かす》かにうめいた。

「青河さん？　大丈夫？」

だが、俺の呼びかけが通じているのかも怪しい様子だ。

「さん……」

『さん』？　なんだそれは？

「どうしたの」

「ぶさん……」

青河さんはどうにかそれだけ言うと、握り締めていた手を開いて、俺の手を握ってきた。普段なら恥ずかしくてすぐに剝《は》がしたかもしれないが、これで青河さんの不安が軽減できるならとそのままにしておいた。

頼む。無事であってくれ。

十五分後、救急車がやって来て、担架に乗せられた青河さんは車内に運び込まれた。

「遠近君。ウチは病院まで付き添うけど、どうする？」

千宮寺さんが真剣な表情でそう言った。

多分、ここは一緒に病院に行くのが正解なのだろう。だが、俺はそんな気にならなかった。

「俺は……ここに残ろうかと思います」

「……ホンマにええの？」

千宮寺さんは確かめるようにそう訊ねた。

「これが単純な事故ならいいんです。けど、もし誰かが青河さんを狙った結果なんだとしたら……ここを離れたら二度と真実が解らなくなると思うんです」

「解った。さっちゃんのことは任せて」

救急車を見送った後、ふと手の中を見るとそこには銀色の紙片が残されていた。


かくして臨時例会はお開きになった。

他の会員が三々五々と人混みに散っていくのを見送ると、俺は特別拝観券を使って南観音山に乗り込んだ。確かめないといけないことがあったからだ。

山の上は思っていたよりずっと狭かった。確かにグループで上がり込むのは厳しそうな感じだ。

俺はまず青河さんが落ちたと思われる南側の欄干の縁に手をかけて下を見下ろす。山の周囲が柵で囲われているのもあって、真下には誰もいなかった。おそらく面浦さんは倒れている青河さんを見て、柵を開けて助けに行ったのだろう。

そして山の南側には沢山の提灯《ちょうちん》が並んでいた。俺は試しに下に向かって手を振ってみたが、提灯が目隠しとなって、俺の存在に気がつく人はほとんどいないようだった。

実は面浦さんを少し疑っていた。青河さんが落ちたと言ったのはあの人だけだからだ。だが、これなら青河さんが落ちたことに通行人が気がつかなかったとしても仕方がない。それに面浦さんが青河さんが落ちたと嘘をついたとして、何のメリットがあるというのだろうか。

まあ、青河さんが落ちたことを前提として……何故青河さんは落ちたのだろう。まさか市来さんが突き落としたというわけでもないだろう。下の人間が見ていなくても、上には保存会の人が誰かしらいる。目撃される可能性を考えたらかなり分の悪い賭けだ。

そこではたと気がついた。人間、落下すると解ったら悲鳴の一つぐらいあげるものではないだろうか。少なくとも俺ならそうする。だが、青河さんは悲鳴一つあげずに落下した。落下する前に既に気絶していたのか？　しかし、人一人気絶させるなんてかなり難しいのでは……それにあの音だ。あれが関係しているのだろうか。

もしかしてあれは銃声だったのではないか？

そう思ったのには根拠がある。青河さんは救急車に乗せられる前、『ぶさん』と言った。今思い返すと、あれは藪さん……射撃を部活動として行っている人間……のことを指していたのではないだろうか。そうだ、かすれ声ではあったが『ぶさん』の前に来ていたのはア段の音だった。

「どうだ、何か解ったか?」

「わ」

背後からいきなり声をかけられて、今度は危うく俺が落下するところだった。振り向けば、面浦さんが立っていた。指に縦に挟んだ特別拝観券をひらひらさせている。

「面浦さん?」

「こんな時に後輩残して帰れるかよ。少しは手を貸すぜ」

「ちょうど良かった。藪さんと連絡取れますか?」

「ん、できるけどヤブがどうした?」

俺は先ほどの青河さんの言葉を説明した。

「なるほど。それで『藪さん』か。けどあいつ、普通にあっちのサークルに彼女いるし、青河には興味ないと思うんだけどな……何を訊きたいんだ?」

「正直に答えてくれるかどうか解らないんですけど、青河さんが落ちた時にどこにいたのかを訊きたくて。あの乾いた『ぱん』って音、もしかしたら銃声だったんじゃないかなって思ったもので」

「ヤブはゴルゴ13《サーティーン》かよ」

面浦さんは楽しそうに肩を震わせる。

「青河さんの頭に殺傷力の無い弾を当てて気を失わせた、とかどうです？」

「まあ、ちょっと面白かったけどな。ただ、青河が落ちたのは南側だ。つまり北側から撃たないとそうはならんだろ？」

俺はパンフレットを開いてすぐ北にある山鉾を調べる。

「真北にある北観音山なら高さも同じです」

「しかし、北観音山からヤブが射撃したってのはないな。ほら」

面浦さんが指す先を見て、俺は自分の考えの浅はかさに気がついた。山鉾の北側にも沢山の提灯がぶら下がっていた。

「提灯の間を抜いて撃つってのは現実的じゃないだろ。更に北観音山の南側にだって提灯はあるんだからな。射撃どころじゃない。ギリ可能性があるとしたら、はす向かいの町屋の二階から撃つぐらいか……」

謎の音、そして青河さんの落下。手がかりも推理もちっとも噛《か》み合わない。これは自分の手には負えない謎だと思った時、俺はもう三号館に行く決意を固めていた。

三号館はただのバーではない。謎を持ち込むと必ず解けてしまうのだ。

「ところで美希さんは元気か？」

面浦さんは俺の心を見透かしたようなことを言った。

「なんですかいきなり……」

そこまで口にしてはたと気がつく。俺はサークルで軽く三号館に行ったという話をしたことはあるが、バーテンダーの名前まで口にした記憶はない。

「もしかして行ったことあるんですか？」

俺の言葉に面浦さんは眉《まゆ》を顰《ひそ》めた。

「行ったことあるも何も、昔は常連だったよ」

まさかこんな身近に三号館を知っている人間がいたなんて……いや、キープされていると思《おぼ》しきボトルの存在を考えればおかしくはないか。

「ちょうど、お前ぐらいの歳に行き始めたんだ。まあ、もう二年以上行ってねえけどな。美希さんは相変わらず綺麗か？」

「ええ、そりゃまあ」

「そうか。楽しみにしとく」

硬派な面浦さんにしては珍しい反応だ。まあ、蒼馬さんの美貌《びぼう》を思えば仕方がないか。

「しかし、今から三号館に行けますかね？」

あそこが狙って行ける場所ではないということを俺はよく知っている。

「これは俺の仮説なんだが、三号館に行くためには条件がある筈《はず》なんだ。まず客が謎を抱えていること、これは最低限必要だ」

それは解る。三号館でのお代は謎なのだから、それが払えない人間はそもそも入る資格がない。

「ただ、それだけじゃ駄目だ。多分、その謎を心から不思議がってないといけない気がするんだよな……」

「と言うと?」

「俺もお前ぐらいの頃は何でも不思議がってたんだけど、三号館で持ち込んだ謎が解消されていくのに慣れると、次第に謎に出会ってもどうせこれも何かで説明できるんだろって思うようになって……以来、三号館に行けなくなった気がした」

慣れとは実に恐ろしいものだ。

「けど、三号館は誰かと一緒なら入店できるケースもある。俺も最初は先輩と一緒に入ったのが始まりだったしな」

実際、先月は青河さんと一緒に行っている。

「とりあえず吉田まで行ってみようぜ。タクシー代ぐらいもってやるよ」

結論は出たが、こんなところではタクシーはつかまらない。俺たちは御池通を目指して北上することにした。

ほんの数分の間、俺たちは人の波を全力で泳ぐ羽目になった。暗くなるにつれて人がどんどん増えているのだ。それでもどうにか泳ぎ切ると、御池通に出た。

「見ろよ、トーチカ。やっぱり今の俺は絶好調みたいだぜ」

そこには四つ葉のマークをつけたタクシーが客を降ろすところだった。あれこそはヤサカタクシーの名物、四つ葉のタクシーだ。

そういえば三号館に最初に行けたのも四つ葉のタクシーにまつわる謎がきっかけだった。

この面浦さんの強運があれば、今日は三号館に辿り着けるかもしれない。

俺はそんなことを思いながら、タクシーに向かってダッシュした。


三号館は日によって営業している場所が違う。それでいつも捜すのに苦労するのだが、今日はすんなりと見つかった。メディアセンターの脇にあるプレハブボックス棟から独特の光がぼうと漏れていたからだ。ドアにはサクラ色の紙、間違いない。

俺は確信を持ってドアを開ける。

「こんばんは」

外は完璧《かんぺき》にプレハブなのに、内装はきっちりとしたバーだ。ピカピカに磨かれたカウンターに、色とりどりの酒瓶……そして素敵なバーテンダーが俺たちを出迎えた。

「ああ、いらっしゃい」

そう言って笑いかけてくれたのは年齢不詳の和服の美女、蒼馬美希さんだ。

「美希さん、久しぶり」

「そうだね。お久しぶり」

面浦さんの挨拶《あいさつ》に何故か蒼馬さんは素っ気なく返した。俺はそこに妙な違和感を覚えた。

「そうそう、この『TRIAD』の文字！　懐しいな」

面浦さんはカウンターの角に刻まれた文字を愛しむように撫《な》でた。そんな文字があったなんて……だが、今はそれどころではない。

俺は早速、蒼馬さんに事件の顚末《てんまつ》を語った。しかし俺の話を聴いている蒼馬さんはまるで何かを憂えているような様子でずっと眉を顰めていた。

「今回の謎は今までのものと全く性質が違う……それをどこまで君が解っているか。それが問題なんだ」

蒼馬さんは深刻そうな表情でそう言った。

「ねえ、ペイルライダーを出してよ」

蒼馬さんとは対照的に、面浦さんは軽い口調でそんな注文をした。

「ペイルライダー……ですか？」

俺もあれからカクテルに少し詳しくなったが、そんな名前は聞いたことがない。

「知らなくて当然だ。美希さんのオリジナルカクテルだからな。そして、ここでしか飲めない唯一のカクテルでもある」

「悪いけど、滅多なことでは出さないつもりにしてるんだ。危ないからね」

「そりゃ、危ないよね。『ヨハネの黙示録』に出てくる四騎士の内、青ざめた馬に乗っているのが死を司《つかさど》る騎士だ。青ざめた馬は『ペイルホース』だから、その乗り手は『ペイルライダー』ってわけだ。転じて、客殺しのオリジナルカクテルの名前になったわけだ」

面浦さんは意外と博学らしい。しかし客殺しとは？

「昔、美希さんが迷惑な客にペイルライダーを出してな。飲んだ客がすーっと青ざめていって、美希さんが『お帰りですね？』と言ったら素直に帰って行ったんだよ。そしてそれ以来、その客は二度と三号館に来ることはなかった……まあ、本物のアブサンで作ったカクテルだ。それぐらいの効き目はあるだろう」

本物のアブサンだって？　いや、三号館ならそれぐらいあってもおかしくないが。

「重要なのはアブサンじゃない。本質はペイルライダーが相手に言うことを聞かせられる禁断のカクテルってことだ。ねえ、そうだよね？」

だが蒼馬さんは答えることなく、黙ってカクテルを作り始めた。

今日はカウンターの仕切りが高く、向こう側がよく見えない。お陰で蒼馬さんがカクテルを作る様子があまり解らなかった。ただ、薄いブルーの瓶を持っていたのはちらりと見えた。

「御神酒《おみき》はいかが？」

蒼馬さんは俺の前に先ほどの瓶を思わせる薄いブルーのカクテルを出す。なんだか毒薬めいた見かけだが、それでいて飲んでしまいたいと思わせる色合いだった。

「青いのはさっきの瓶のお酒のせいですか？」

俺がそう言うと面浦さんが苦笑する。

「ボンベイサファイアが青いのは瓶だけだって。中身はジン、無色透明だ。青いのはブルー・キュラソーだよ」

蒼馬さんは面浦さんの言葉にポーカーフェイスを保って肯いた。

「そうだね。青のイメージを大事にしてボンベイサファイアとブルー・キュラソーを使った。そこにマスカットリキュール、林檎《りんご》ジュース、洋ナシのシロップを加えて、アブサンの風味が苦手な人でも飲みやすくしてある。もっともこれはペイルホースだから安心していいよ。アブサンじゃなくてペルノ……まあ、アブサンの代用品だね……を使ったいわば偽ペイルライダーだね。まあ、本物は危ないし……君にはどうしてもこの一杯を飲んで欲しくてね」

「どうしても?」

「飲めば解るよ。私の名前を冠したお酒なんだから」

なるほど蒼馬で、青ざめた馬ってわけか……。

俺はペイルホースをぐっと一息に飲み干す。ブルーの寒々しい液体はなんだか秘薬めいた味がした。だが、トリップする感覚はない。いつも通り頭が冴《さ》え始め……それから震えが来た。

「なんだ、刺激が強すぎたか?」

面浦さんはそう声をかけてきたが、俺はじっとグラスから視線を外さなかった。いや、正確には外せなかった。

俺は今、面浦さんの顔を見るのが怖い。

「……面浦さん」

「なんだ?」

「面浦さん、特別拝観券見せて貰えますか？」

「いいぜ。ほら」

面浦さんは特別拝観券を取り出した。だがその券の右下は破れていた。

「やっぱり……」

山の上では指に挟まれていたせいで解らなかったがこれではっきりした。俺はそっと青河さんから受け取った銀の紙片をカウンターに載せる。

「青河さんが握っていたものです。これはこの拝観券から千切れたものですね？」

「ああ、うっかり破けちまってな。青河が拾ってくれたんだろ」

だが、その返事も俺には白々しく聞こえる。

「もうとぼけなくてもいいんですよ、面浦さん。青河さんが落下したと言っているのはあなただけなんですから」

もう少し冷静に考えるべきだった。本当に青河さんが山から落ちたのなら、その現場を目撃した保存会の人間が助けている筈だ。

「あの時、あなたは青河さんが山の上に市来さんと一緒にいたと言いましたが、俺が見たのは市来さんの顔と青河さんらしい浴衣だけです。そしてあれが青河さんじゃなかったとすれば、全てが腑《ふ》に落ちるんです」

「聴かせろよ」

「偽の青河さんがいたとしましょう。あなたはその人にあるお願いをした。下から顔が見えないように市来さんと並んでみてくれ、と。そして、それから単発の爆竹か何かを渡して、それを密《ひそ》かに投げるように頼んだ……ただ一般公開は七時から、その前に上に行って貰おうと思ったら特別拝観券が必要です。だからあなたはまず自分の拝観券を渡した」

「それで？」

「青河さんがあの音に気を取られた瞬間、あなたは何らかの手段で青河さんの意識を奪った。しかしその時、青河さんは特別拝観券を握り締めていた。未使用の特別拝観券を持っていたら自分の証言の信憑性《しんぴょうせい》が損なわれると思ったあなたはそれを奪おうとした。しかし青河さんは離さず、結果的に破れることになった……これが全ての矛盾を解消する推理です」

山鉾を調べた時に浮かんだ面浦さんが犯人だという説は正しかったのだ。ただあの時は面浦さんがそんなことをするメリットが思いつかなかった。

だが、今はもう何故そうしたのかよく解る……。

「まあ、流石に飲んだら解るか。そうだよ、俺は青河の意識をちょっと奪っただけだよ。けど乱暴なことはしてないぜ」

そう言うと、『ＭＳ』というロゴの入ったシガレットケースをカウンターに置いた。

「月光密造社特製のニガヨモギ煙草だ。慣れてない人間なら副流煙でも吸い込めば意識は簡単に飛ぶってシロモノだ」

ＭＳはムーンシャインズのロゴだったのか……気がつかないまでも、もう少しおかしいと思うべきだった。

「だから『ぶさん』はアブサン……青河さんはニガヨモギの香りを嗅いだと言いたかったのか……」

「市来が青河を好きかどうかなんて知らねえよ。ただ、お前は信じた。この事件もそうだ。お前が謎だと信じたから謎になった……お前が間抜けで助かったよ、トーチカ」

面浦さんは二年以上三号館に行ってないと言った。それが自分の変化のせいだと言っていたが、もし行きたくても行けなかったという意味だったら……。

蒼馬さんは静かにかぶりを振ると、タネ明かしをする魔術師のような口調でこう告げた。

「そうだよ。彼はこの三号館の招かれざる客だったんだ」

蒼馬さんの面浦さんへの冷ややかな態度にも今なら納得が行く。

「三号館に行くには手土産になる謎が必要だ。だったら、美希さんの認めた客であるお前に謎を見せれば、入店できるだろうって踏んだ。お陰でようやく美希さんと再会できた」

俺はなんてことをしてしまったんだ……こんな人を連れて来てしまうなんて！

「だから今までとは違うと言っただろう。これまで君が出会ってきた謎と違って、今回のは悪意に充ち充ちた謎だ。君は初めて本当の意味で犯罪の現場に立ち会ったんだ」

「悪意じゃない。むしろ好意故ですよ」

面浦さんは悪びれることなくそう答えた。

「好意ねえ」

「俺は美希さんにもう一度会いたかったんです。心から、ね。この二年、ムーンシャインズに接触してまであなたを追ったのに辿り着けなかった……ただ、代わりに面白い話も手に入れた。あるんでしょ、密造アブサン？」

挑むようにそう言った面浦さんを見て、蒼馬さんは黙って背後から一本の瓶を取り出した。

「これはアブサンの密造酒、月光密造社ではクレール・ド・リュンヌ……月光と呼ぶ人もいるね」

そう言って軽く振ると、黄緑色の液体が瓶の中で揺れた。確かにまるで月の光を閉じ込めたみたいな色をしている。

「これは古いアブサンの製法を改良して作られた、いわばオリジナルを超えた一品。ツヨンの利き具合という点についてはオリジナルを遥《はる》かに凌《しの》いでいるよ」

それではもう飲むドラッグではないか。

「これはもはや命令に強制的に従わせる薬だよ。本来は誓約の儀式のために使うんだけどね」

「やっぱり、それがペイルライダーのカラクリですか」

「所持することは違法じゃないけど、まず普通のお客には出せないね」

「だからこそ迷惑な客には出すんでしょう。勿論、俺は素直には飲みませんけどね」

「条件次第では飲むみたいな口ぶりだね」

蒼馬さんがそう言うと、面浦さんは不意に真面目な顔でこんなことを提案した。

「一つ俺と勝負しませんか？　少し前に海外ドラマで見たやつなんですけど」

「聴かせて」

「まず蒼馬さんはペイルライダーとペイルホースを一杯ずつ作る。当然、作った蒼馬さんはどちらがペイルライダーなのか解っているから、どちらを飲むかは俺が選ぶ。そして蒼馬さんは俺の選ばなかった方を選んで同時に飲む……元のドラマだと毒薬ですから、こっちの方が幾分かマシでしょ？」

ああ、そのドラマは俺も見た記憶がある。

「ただし、俺は美希さんに俺を愛してくれるように頼みますけどね」

「意に染まない選択を受け入れるのは死ぬのと同じだからね」

蒼馬さんは冷ややかな表情で面浦さんを眺めている。

「……俺を好きになるぐらいなら死んだ方がマシって言いたいんですね」

「よく解ってるじゃないか」

「だけど、俺だって美希さんが傍にいないなら死んだ方がマシだって思ってますよ。その辺の女で手を打ったって、俺の心は埋まらないんだ」

丸二年以上の思いが面浦さんを動かしている。どうやら話し合いでどうにかなる感じではないようだ。

だが、勝負は避けられないとして……俺は蒼馬さんに負けて欲しくない。

勿論、蒼馬さんが駆け引きで簡単に負けるとは思わない。でも強い運は時に駆け引きの一切を無に帰してしまう。そして今の面浦さんからは一種の冴えを感じる。まるで全てを思い通りに運んでしまう波に乗っているような……。

その時、俺の頭にあるアイデアが閃光《せんこう》の如く現れた。

「ちょっと待って下さい」

俺がそう言うと、二人は視線だけをこちらに寄越した。

「……俺から提案があります」

「お前も参加したいのか？　だったら前哨戦《ぜんしょうせん》をやってもいいが」

負ける気がしないと言いたげだ。しかし実際、やったら負けると俺自身も思っている。ハナから勝負にならない。

俺は首を横に振って、面浦さんの言葉を否定する。

「勝負はしません。ただ、立ち会い人の役目を引き受けようと思ってます。俺がいることで勝負の公平性を保とうと」

「どんな風に？」

「蒼馬さんには一杯のペイルライダーと二杯のペイルホースを作って貰います」

俺がそう告げた瞬間、蒼馬さんの口角が微かに上がった気がした。おそらく蒼馬さんは俺の意図を汲《く》んでくれた筈だ。

「なるほど、ハズレがもう一杯増えるわけか。それで？」

「面浦さんはその三杯の中からまず一杯選んで下さい。ただし、その時点ではまだ飲みません。蒼馬さんは面浦さんが選ばなかった二杯の内からペイルホースを選んで下さい。これはハズレということでゲームから除外します。そして面浦さんは最初に選んだ一杯を飲むか、それとも残った一杯を飲むか選べるということにします」

俺は蒼馬さんと面浦さんのゲームにモンティ・ホール問題を持ち込みたかったのだ。ルールこそ変則だが、これなら面浦さんが提案した二つに一つみたいなゲームよりも駆け引きの要素が増え、蒼馬さんの勝つ確率も高まる……。

「なるほど。でも、美希さんが除外したのがペイルホースってどうやって確かめるんだ？」

「その場で俺が飲んで確かめます。俺の様子がおかしくなったらすぐに解るでしょう」

「そりゃ、そうか」

今、気になるのは面浦さんがモンティ・ホール問題の存在を知っていた場合だが、それについて確かめることは藪蛇になりかねない。知らないでいてくれた方がありがたいのだが。

ただ、プラス材料もある。面浦さんはまだ今のところ蒼馬さんのカクテルを飲んでいない。ドーピングがないなら、攻略法を見抜けぬままでいてくれるかもしれない。

「よし、それで行こう。美希さんはどう？」

「そのルールに異存は無いけど、面浦君には二つだけ守って欲しい点がある。まず、カウンターの向こうを覗かないこと。それとカクテルを出した後はグラスへの接触は最小限にして欲しい。簡単に嗅ぎ分けられるようには作らないつもりだけど、一応ね」

「了解。じゃあ、よろしく」

面浦さんは目を瞑《つむ》りながら何かを考え込んでいる。カウンターの向こうを覗こうという意思はないらしい。妙なところで紳士的な人だ。

……あっ！

手遅れになってから名案が閃《ひらめ》くことを指して下種《げす》の後知恵という。今の俺がまさしくその下種だ。このルールにとんでもない穴があることに気がついたからだ……。

「できたよ」

蒼馬さんは三分もしない内に三杯のカクテルを作り終え、面浦さんの前に並べた。ご丁寧にもグラスに敷かれたコースターにはA、B、Cの文字が書かれている。これで区別しろということか。

「ふーん、流石に見た目の違いは素人には解らないな」

面浦さんの言う通り、ぱっと見にはどれがペイルライダーでどれがペイルホースなのか区別ができないようになっている。

「急《せ》かすつもりはないけど、美味しく作ったからぬるくならない内に選んでくれると嬉《うれ》しいな」

そう言われた面浦さんは苦笑する。

「美希さんは客の良心に訴えるのが上手いな。まあ、いいよ。最初は様子見だから。じゃあ、俺はAを選ぶ」

「そう。それじゃ遠近君、君が飲むのはCのグラスのペイルホースだ」

俺はCのグラスを手元に引き寄せる。そして二人に了解を取るようにグラスを掲げると、ぐっと飲み干した。あの甘い秘薬めいた液体が俺の身体に染みいっていく感覚があったが、特におかしな感じはしない。

「どうやらちゃんとペイルホースだったみたいだな」

「当たり前だよ。それより、どうするか決めたのかな?」

「さて、どうしようかな……」

……頼む。変更してくれ!

ついそう祈ってしまっていた俺の顔を面浦さんが覗き込む。

「トーチカ、お前には感謝してるよ。お前のお陰で三号館にまた来ることができたし……何より、俺が勝てるようにお膳立《ぜんだ》てしてくれたんだからな」

俺は余計な情報を与えまいと口をつぐんだ。もうこの人の助けになることはしたくなかったからだ。

「俺がモンティ・ホール問題を知らないと思ったか?」

ああ、やっぱりそうなのか……。

俺は天を仰ぎたい気持ちを抑えて、面浦さんの顔を見つめ返す。

「勿論、今回のは変則ルールだが……俺はもう確率計算を終えている。お前、このルールを提案した時点で計算できてなかっただろ？　できてたら美希さんに不利になるルールを提案する筈がないからな」

　図星だ。三号館のカクテルがいくら頭の働きを良くすると言っても、流石にルールの説明をしながら同時に確率の計算ができるほどではなかった。

　だからこそ、面浦さんが確率計算を間違ってくれることを期待していたのだが……。

「うっかり者のトーチカに聴かせてやる。三杯の内、ペイルライダーは一杯だけ。だから俺が適当にＡのグラスを選んでペイルライダーを引き当てる確率は１／３、裏を返せばグラスなんか変更しなくても２／３の確率で俺の勝ちになるってわけだ」

　元のゲームと勝利条件が微妙に違うが、三つの内の一つを引いてはいけないのだから、適当に選んだ場合の勝率は２／３になる。

「反対に俺がグラスを変更するケースを考えてみようか。仮に今、Ａのグラスがペイルライダーだったとしよう。最初にＡを選んだ場合、美希さんはＢかＣかをトーチカに飲ませていたわけで、俺は選び直しさえすれば勝てる。最初にＢを選んだ場合は、美希さんはＣをトーチカに飲ませるわけで、俺は選び直すと負けが確定する。これは最初にＣを選んだ場合でも同様で、選び直すと俺はＡを引いて負ける。つまり選び直す場合、俺は１／３の確率でしか勝てないことになる」

　まさかここまで冷静に計算しきるとは……。

蒼馬さんに良かれと思って提案したことが完全に裏目に出てしまった。俺は面浦さんの覚悟をどこかで舐めていた。だが、この人は本気だ。冗談でなく人生を賭けてこの場にいる。

「従って……今回は選び直さない方が勝つ確率が二倍になるってことだ」

そう言って面浦さんはAのグラスを手元に引き寄せる。

「ステイだ、美希さん」

「……いいんだね？」

「悪いけど、2／3の確率なら負ける気がしないんだ」

面浦さんの返事を確かめると、蒼馬さんは残ったBのグラスを手に取る。

「それじゃ、乾杯といきましょう。最後だもの」

「はは、最後じゃないよ。最初だ」

カウンターの上で二つのグラスが接近する。

「「乾杯」」

蒼馬さんと面浦さんのグラスが触れ合い、かちんと冷たい音がした。そして二人は同時にグラスに口をつける。中身が減る速度もほぼ同時、グラスを置くのもほぼ同時だった。

俺は剣豪やガンマンの決闘を見る思いだった。だが、既にお互い一撃を繰り出した後、間違いなく数秒後にどちらかが崩れ落ちる筈だ。

ただ、俺は蒼馬さんに負けて欲しくない。それが分の悪い勝負であっても……。

そしてその時はやってきた。

面浦さんの顔色がすうっと青ざめていく。

「……畜生」

面浦さんが小さく呟《つぶや》く。自分が何を飲んだのか解ったらしい。

「敗者にはお引き取り願おうか。あるべき日常に帰るんだよ」

面浦さんは歯を食いしばっていた。

「この勝負だけは……死んでも勝ちたかったんだよ」

情けない、泣き笑いみたいな顔。だが、俺はその顔から眼を背けられなかった。

「だから普通に生きることが君にとっては最高の罰になるだろうね……ご馳走《ちそう》様」

面浦さんは無言で立ち上がると、まるで催眠術にかけられたような怪しい足取りでドアの前まで歩く。そして、一度こちらを振り向いた。

「……トーチカ、お前は昔の俺そっくりだ。だからきっと……お前も今の俺みたいになるんだろうな」

まるで呪いのような言葉を残して、面浦さんは出て行った。なんとなく、捜さない限りはもう二度と会えないような予感がした。

しばらく店内は沈黙に包まれた。唯一よく聞こえてくるのは蒼馬さんが水を飲む微かな音だけ……だが、その間も面浦さんの最後の言葉が引っかかっていた。

「あの、一つ訊かせて貰えますか？」

「……何かな？」

水を飲み干した蒼馬さんは俺に向き直る。

「面浦さんのこと、どう思ってたんですか?」

蒼馬さんは悩ましいため息を漏らした。だが、何故か安堵《あんど》のため息のようにも聞こえる。

「面白い子だと思ってた。頭もいいし、何より若くて純粋だった。だから持ってくる謎も新鮮で味わい甲斐《がい》があった。ちょうど今の君みたいにね」

「それがどうして出禁みたいになってたんですか?」

客を選んでいるのは蒼馬さんの筈だ。俺だって蒼馬さんが認めなければここに辿り着くことは不可能だろう。

「この店が元々、ギブアンドテイクでやってるのは君だって知ってるだろ。謎を持って来る代わりにお酒が飲める……しかし面浦君は途中で私に会うために謎を探すようになった。欲に曇った瞳《ひとみ》で見つけた謎は美味しくないんだよ。そうなったらもう卒業さ」

卒業、その響きが俺の胸に深く突き刺さる。

「君だっていつかはこの店から卒業する日が来る。それは先のことだけど、必ず来るんだ」

やはり、そうなのか。

「だから悔いを残さないことだね。残すと面浦君みたいになる」

「俺は……ここを卒業するまでに三号館と蒼馬さんの謎を解いてみたいです。だから、いつかは蒼馬さんに挑戦するかもしれません」

俺がそう言うと蒼馬さんは笑った。けど、厭な笑いではない。そこには挑戦者を待ち構える王者の余裕のようなものが感じられた。

「いい心がけだけど、天に触れど天を摑《つか》めずだよ……もしかすると今日が最後のチャンスだったかもしれないいんだから」

どういう意味だ？

「面浦君は目的のために手段を選ばなかった。だから私もそれに応じたまで。私が顔に出ないタイプで助かったよ」

「顔に出ないって……ああ！」

俺はようやく気がついた。蒼馬さんが1／3の確率で勝ったなんてとんでもない。蒼馬さんは俺の提案を受けて、ほぼノータイムで必勝の策を編み出したのだ。

「……さっきのゲーム、ペイルライダーは二杯あったんですね」

俺があのルールを提案した時、面浦さんは真面目に確率計算をしていた。一方、蒼馬さんはその裏をかくべく奇策を打った。ペイルライダーを二杯作ることによって、確実に面浦さんに飲ませた。そして面浦さんは自分の負けを認めた……実質的には引き分けだったというのに。

勿論、自分でも飲むわけで、先に面浦さんから『命令』されたら蒼馬さんの負けになる。しかし哀れにも面浦さんはその可能性に思い至らなかった……。

「あれ……もし面浦さんが最初にペイルホースを選んでいたら、俺と蒼馬さんがペイルライダーを飲む羽目になってたんじゃないですか？」

それは1／3の確率で起こりえた……一応、面浦さんに勝つ余地を与えたということだろうか。

だが、蒼馬さんは涼しい顔でこう言い放った。

「何か勘違いしてないかな？　私は一杯もペイルホースを作ってないよ」

その瞬間、俺は恐ろしい結論に辿り着いた。

「まさか……三杯ともペイルライダーだったんですか！」

それなら面浦さんを確実に負かすことができる。が、一つおかしな点がある。

「……俺、ペイルライダー飲んでませんよ？」

「早とちりは良くないな。私は一杯もペイルホースを作ってないって言ったばかりじゃないか。君がゲームの前に飲んだのもゲームの中で飲んだのも、どちらも同じペイルライダーだよ」

「ああっ」

俺は自分がペイルライダーを飲んだなんて欠片《かけら》も思っていなかった。これでは俺も面浦さんのことを笑えない。

「でも流石に二杯もペイルライダーを飲んだら、俺の身体がどうにかなるんじゃ？」

しかし蒼馬さんはかぶりを振ると、しれっと答えた。

「もう忘れたのかい。私は君に既にこう命令したじゃないか。『君が飲むのはCのグラスのペイルホースだ』って。いわば逆プラシーボ効果だよ」

確かにそれはペイルホースが一杯もないことを誤魔化せる唯一の方法だ。これなら物言いも入らず、確実に面浦さんにペイルライダーを飲ませることができる。

それにしてもなんてことだ……蒼馬さんはかなり早い段階からこの決着を想定していたに違いない。

「俺が平気だったのはあれをペイルホースと信じて飲んだからですか……」

「そういうこと。まあ、ペイルライダー一杯につき命令は一回ってわけじゃないからね。一杯飲むのも二杯飲むのも同じさ。もっとも面浦君は遠近君が私の駒になっている可能性すら考えなかったみたいだけど」

「勝負師の最後としては悲しいですね」

この人はとんでもない勝負師だ。むしろ面浦さんなんかでは絶対に敵《かな》う筈がない。

「格好をつけるからだよ。本当に勝ちたいのであれば、ゆっくりルールを吟味してからゲームに応じるべきだった。少なくとも私から先に飲むようなキメ事をしておかなかった時点で、彼の負けは決まってたんだよ」

ただ、俺にはそうしなかった理由も解る気がする。きっと面浦さんは好きな人の前で見栄を張りたかったのだろう。

「君も君だよ。ペイルライダーを飲んだ私は何でも言うことを聞いたんだから……わざわざ面浦君のことなんて訊ねて。もったいないね」

ああ、本当にそうだ。あの時に三号館の秘密を訊けば答えてくれたではないか。

「まあ、そういうお人好《ひとよ》しだから、いいお客なんだよ」

きっと俺は今のままじゃ駄目なんだろう。変わらなくては何も手に入れられない。

無意識の内に俺は席を立っていた。別にペイルライダーが効いたというわけではない。座っていられなくなったからだ。

青河さんはもう意識を取り戻した頃だろうか。まだだったら、とりあえず病院に向かわなければ。

俺は青河さんが好きだ。けど、どんな手段を選んででも好きになって貰いたいとは思わない。少なくとも今はまだ……。

変わりたい。けど、面浦さんのようになるのは厭だ。だから自分の意思で変わらねばならないんだ。

「今後自分がどう変わるか、ここをどう卒業するか……たまに考えてみるのも悪くないよ」

蒼馬さんの言葉に俺は肯くとドアノブに手をかけた。

とりあえず決意を新たにした今の俺が変わってしまわない内に……今度は俺の口からちゃんと青河さんをデートに誘うんだ。

名無しのガフにうってつけの夜

cocktail recipes 5

No name Gaff
名無しのガフ

黒ビール……105ml
ジンジャーエール……105ml

「楽勝の授業があるんだ」

大学の入学式が終わった後、その授業の存在を教えてくれたのは悪友の東横進《とうよこすすむ》だった。

「楽勝ってどんな感じ？」

俺は大学デビューに気合いを入れすぎて時間割なんてさっぱり考えていなかったので、東横の申し出は実にありがたかった。

「出席は取らない。筆記テストもレポート提出もない。おまけに案外休講を挟む。教科書持って適当に参加してうんうん言っとけばそれで単位が貰《もら》えるぞ」

ほんのちょっとしたことを知らなかったばかりに単位を落とした先輩の話は入学前に東横から山ほど聞いている。東横に言わせれば大学の授業は情報戦であり、実は履修登録の段階で勝敗は決しているらしい。

「なんなら教科書もやるよ。多分、もう読まないしな」

「マジか？」

大学生としてそのスタンスはどうかと思わないでもないが、研究をするために大学に残るならともかく、俺は学業へ注ぐ労力をなるべく自分の青春に注ぎたい。

「ただし、ポケゼミだがな」

「ああ、そういうことか」

ポケットゼミというのは一回生の内からゼミの形式に親しんで貰うために用意された少人数形式の授業で、一人一コマしか取れない。

「だったら抽選で落ちることもあるんじゃないのか？」

「担当の御園《みその》生教授は去年初めて一般教養を受け持つようになった。この情報は去年受けた数人しか知らないから、倍率も低くなる筈《はず》だ」

ポケゼミは少人数形式だけにサボれないというのが欠点らしいが、休講あり出席点なしならむしろそっちの方がいい。

「解った。で、なんて授業だ？」

「『錯覚の科学』ってやつだ」


七月、俺は御園生教授のポケゼミを順調にこなしていた。

「ってわけで、脳トレブームってのは根拠のない嘘っぱちってわけや。よく言うクラシック聴いて脳が活性化、あれも嘘で完全に気のせい」

御園生教授は心理学の専門家、ロマンスグレーの紳士でなかなかにしゃべりも面白い。ルックスやトーク力的にテレビ受けもいいと思うのだが、本人はマスコミへの露出に興味がないようだ。

だがな、東横よ。教科書が英語とは聞いてなかったぞ……。

お陰で予習が面倒だった。これで御園生教授のトークが面白くなかったらバックれていたかもしれない。

この授業の教科書はアメリカの心理学者クリストファー・チャブリスとダニエル・シモンズの共著、『THE INVISIBLE GORILLA《見えないゴリラ》』だ。タイトルの由来は彼らが行ったある心理学の実験に由来する。

まずクリストファーとダニエルは学生たちを白シャツチームと黒シャツチームに分け、短いバスケットボールの試合を撮影した。ただ、普通の試合と異なっていたのはゴリラの着ぐるみを着た学生を試合場に乱入させたことだ。結果、九秒程度ではあるが、映像の中でゴリラは当たり前のようにフレームインして、胸を叩《たた》いてフレームアウトしている。

実験はそのゴリラの映り込んだ映像を元にして行われた。映像を見せる被験者には黒シャツの選手は一切無視して、白シャツの選手がパスする回数を数えるように頼んだのだ。するとどうだろう。被験者たちがパスの回数に関してはほぼ正解を答えることができたのに対して、ゴリラに関しては半数の者が見ていないと答えたというのだ。

この実験から解るのは、人間は意識を二つ以上の対象に振り分けるのは難しいということだ。

「んん、半端に時間余ってもうたな。授業を適当に切り上げたのが教務にバレると怖いし……そうや、例のバスケットボールの試合でも観よか。タネが解った状態で観んのも面白いかもしれへん」

御園生教授がスクリーンに資料映像を出力した。しかし蛍光灯が点《つ》いているせいでどうも見づらい。この教授はいつもこうなのだ。

「あの、電気消してもいいですか？」

俺はお伺いを立てた。やはり興味深い映像はストレスのない状態で観たいではないか。

「しゃあないな。貸しやで？」

御園生教授は冗談めかしてそう言うと、部屋の照明のスイッチをＯＦＦにしてくれた。

やがてゴリラが出てくるシーンが来る。勿論《もちろん》、選手たちは大まじめだ。俺がうっかり笑うと、みなつられて笑い出した。

「ん、やっぱりおもろいなこの映像。あとは退屈やからもうええやろ」

教授はそこで映像を停止する。

「ちょっと遠近君、明かり点けてんか？」

ご指名とあらば仕方ない。俺が席を立ってスイッチをＯＮにすると、すぐに室内に光が戻る。

「ちょっと休憩しよか」

そう言った御園生教授はいつの間にか煙草を指に挟んでいた。自分の研究室とはいえ、自由なことだ……などと思っていたら教授と目が合ってしまった。

「今は吸わへんって。咥《くわ》えるだけ」

御園生教授はニヤリと笑いながら煙草を唇で挟むと、右手をシュッとスライドさせて火を点けるジェスチャーをした。教授は結構な愛煙家らしく、近づくといつも強い煙草の匂いがする。本当は今すぐ吸いたくて堪《たま》らないのだろう。

「しかし今年はええ子が揃ったなあ」

御園生教授は俺たちを見回した。今年度の『錯覚の科学』の受講者はたったの四人だ。少なすぎる気がするが、この狭い研究室で授業が出来るギリギリの人数でもある。

束横によると御園生教授は他所《よそ》からの連絡を逃すのが嫌いな癖に、携帯電話に束縛されるのは大嫌いという面倒臭い人らしい。だから大学ではなるべく自分の研究室で過ごす。そっちの方がオンオフがはっきりと切り替わっていいと自分でも言っていた。

「このポケゼミを始めてから約三ヶ月、僕は君たちのことをそれなりに観察してきたんやけど、みんな成長してるのが解るわあ。こう、何か自慢があるっていうか……スポーツマンの宮地《みやじ》君に読書家の小林君、それと綺麗《きれい》な谷川《たにかわ》さん」

最後のは半ばお世辞めかした口調だったが、それはセクハラだと言われないための予防線だろう。

「けど誰が一番自信に溢《あふ》れてるかと言うと、遠近君やな」

突然のご指名に他の三人も驚いていたが、何より一番驚いたのが俺だ。

「俺ですか?」

「もしかして彼女でもできたんか?」

突然の問いに俺は慌てて首を横に振る。

「ふうん……何かに打ち込んでる感じがせえへんからその辺かなって思ったんやけど」

このまま適当にお茶を濁しても良かったが、ふと俺の中にある考えがよぎった。

「あの、先生は三号館ってご存じですか？」

御園生教授は眼を細めた。

三号館というのはこの大学にある伝説のようなバーだ。お代は謎、どんな謎でも三号館に持ち込めばたちどころに解決する。しかし誰でも辿《たど》り着けるわけではない……だが俺は既にその三号館にもう四回も行っていた。

「ちょっと聴かせてや。時間もまだあるし」

俺は四月からの出来事をざっと話した。蒼馬《そうま》美希《みき》さんという和装の美女がバーテンダーをやっていること、場所が不定で毎回思わぬところで発見すること、つい一昨日《おととい》も宵々山の帰りに寄って事件を解決したこと……。

「まだ同じ場所で営業しているかもしれません。メディセンの隣のプレハブボックス棟、メディセン側から数えて四番目です」

そんなことまで口にしたのは、どうせ行こうとしても行けまいという妙な確信があったからだ。

「へええ、なるほどなあ。それが君の自信の源か。一杯飲むと頭がよう働いて事件を解決できるって寸法か。試験前に飲んだらええ結果出るかもしれへんな」

御園生教授なら三号館について何か知っているかもしれないと思って言ってみたのだが、

どうやら空振りのようだ。まあ、食いつかれないよりはマシか。

「宮地君、どう思う?」

「大学で飲酒なんて非常識だと思います」

宮地は見下すような眼で俺を見ながらそう言った。

「……別にいいだろ。ボックスや研究室での酒盛りなんて普通のことじゃないか」

「そんな店、学内で営業してるのがそもそも違法だろ。あとで学生課に通報しとくよ」

正論過ぎて、一瞬反論の言葉が浮かばなかった。俺がまごついてると御園生教授は声を上げて笑った。

「学生さんは元気でええな。喧嘩《けんか》してもええけど、僕の授業のせいと解らんようにやってや?」

教授にそう言われてしまうと喧嘩をしようという気も起きなくなる。

「しかし、遠近君の話はいいサンプルや。人はみな基本的に自信過剰で、実力のある人ほどその度合いが小さくなるって話は前にもしたけど、今の話がまさにそれや。自分が選ばれた存在やと思うが故に錯覚してしまう」

そ、そう来たか!

「ところで君は何回行ったん?」

「四回です。でも四回行って四回とも推理が当たってます」

「それが錯覚ってやつや。君の他に行った人がおって、彼らがどれだけ推理を当てたかどうかを知らんと比較にならんやろ？」

「た、確かに」

「君の話だけでは統計としては意味がない。都合のいい報告者ってやつやな。それにクラシック聴いて頭が良くなるってのも錯覚やってさっきも言ったやろ。同じや。酒飲んで頭が働くってのはまあ、錯覚やな。むしろアルコールは注意力を損なう。精密な思考なんてとてもとても……まあ、まぐれ当たりと考えるのが妥当やろうな」

「そんな……けど、推理は当たってるんですよ？」

「四回やって四回推理が当たったからなんや。四十回やったらどうやろ？　何回か、いや十何回は外したんと違うかな？」

それは……確かにあるかもしれない。俺はすっかり反論する気を削《そ》がれていた。ここ三ヶ月で少しは頭が良くなったような気がしていたが、それも錯覚だったらしい。

俺が黙っていると、教授は苦笑いしながら口を開いた。

「はは、ちょっと意地悪過ぎたな。けど、蒼馬美希って人を食った名前やもん。そんな名前出されたら疑ってまうやん？」

「え？」

俺が疑問の声をあげると同時に授業の終了を告げるチャイムが鳴った。教授はチャイムが鳴り止むまでたっぷりもったいぶった後、こう告げた。

「ソーマは神のお酒、つまり神酒《みき》や。なんとも人を食った……いや、人を呑《の》んだような名前とは思わへん?」

ポケゼミが終わるともう午後六時だった。自転車の鍵《かぎ》を取り出したところで、学生課に一つ大事な用があることを思い出した。

俺はサドルに跨《また》がると文学部の校舎のある本部構内から東一条《ひがしいちじょう》通を渡り、吉田キャンパスの北部、吉田南一号館まで自転車を走らせた。

我らが賀茂川乱歩は設立からまだ数年の、部室のないサークルだ。普段は食堂で集まっても構わないが、やはり会議となるとそういうわけにはいかない。だから必要な時には教室の使用申請を出さないといけないのだ。

まあ、会議まであと六日もあるし、試験期間中に教室を使うような団体が他にもいるとは思わないが、学生課には筋を通すべきだろう。特に賀茂川乱歩は学生課に定期的に活動予定や活動報告を提出している。活動実態がクリアなサークルの方が部室も貰えるだろうという上の代からの判断だが、それを俺が台無しにするわけにはいくまい。

「すいません」

慌てて飛び込んだ学生課はがらんとしていたが、まだ何人か人が残っていた。室内を見回すと、あるカウンターの向こうに教室の予約状況が書かれたホワイトボードが見えた。おそらくあそこで申請すればいいのだろう。

とりあえず俺はそのカウンターの方に近づくと、傍にいた中年女性に声をかけた。

「あのー、教室の使用申請を出したいんですが、手続きの方法を教えていただきたくてですね……」

だが、その女性職員は俺を汚い物を見るような眼で眺めていた。その態度から俺への敵意がはっきりとうかがえる。

「……そんなことも知らないで来たの？」

いつもは副会長の東横の仕事なのだが東横が実験で忙しいのと、来年以降のことも見据えて今回は俺が出すことになったのだ。ただ、そんなことを説明しても仕方なさそうだ。

「いや、今日は代理でして」

俺がそう言うと女性職員は露骨に面倒臭そうな表情になった。

「今日はもう終わりなの。また明日来て」

確か東横の話では学生課は六時半ぐらいまではやってると聞いていたのだが。

「けど、まだ受け付けてますよね？」

「だ・か・ら、明日来て！　私はもう帰るの。見て解らない？」

「いや、その」

「まったく、アンタらは人の気持ちが解らないんだから！」

女性職員は吐き捨てるようにそう言うと俺に背を向けて去って行った。

ああ、今ので俺の気力は完全に萎《しぼ》んでしまった。人の気持ちが解らないのはどっちだ。

俺がつい壁に手をついて休んでいると、背後に人の気配を感じた。俺が振り向く気力もなく、そのままじっとしていたらいきなり声をかけられた。

「どうしたの？」

声の主は二十代半ばから後半ぐらいの女性だった。まとめた髪と黒縁のメガネが硬質な印象を与えるが、その声には安らぐものがあった。

「いや、教室の使用申請を出しに来たのに、その、怒られて……」

「……ここは終業時刻がはっきりしてないから。帰り際に仕事したくなかったんでしょ」

女性はそんなことを囁《ささや》くと、改まった声でこう訊《たず》ねた。

「それでどこの教室？」

「吉田南総合館南棟の11教室なんですけど。六日後はまだ空いてますかね？」

「ああ、大丈夫」

俺は安堵《あんど》する。とりあえず何とかなりそうだ。

「じゃあ、申請書を……」

そう返事をした瞬間、東横からのアドバイスを思い出した。申請書は大学のホームページから印刷して、記入していけと言われたではないか。そりゃ、さっきの中年女性も手順を説明するのを面倒臭がるわけだ。

「すいません。印刷して来ます」

俺がしょんぼりしながらそう言うと、女性は厭《いや》な顔をするでもなくこう答えた。

「なんなら今ここで印刷するから書いていく？」

地獄に仏、まるで女神みたいな人だ。

「あ、ありがとうございます！」

俺はつい声を張り上げてしまった。すると十数メートル離れた場所から例の中年女性が睨《にら》んでいるのが解り、俺はたまらず「また明日来ます」とだけ言い残して退散した。

数分後、俺は吉田キャンパスの南側にあるメディアセンターに移動し、申請書を印刷していた。申し出は嬉《うれ》しかったけど、俺のせいであの女性が迷惑を被ったら申し訳ない。

俺は申請書に記入を済ませると、そのまま〆切の近いレポートを書き始めた。家で書くより圧倒的に捗《はかど》るからだ。

しかし今日はどうもノレなかった。多分、ポケゼミと学生課での出来事が思ったよりも深く胸に刺さっているのだろう。

少しだけでいいから蒼馬さんと話がしたい……手を止めながら、そんなことを思っているとTA《ティーチングアシスタント》の人が俺に声をかけてきた。

「あのさ、知ってるかもしれないけど、今日は閉館時間になったら強制的にオチるから気をつけてね」

何の話だ？

俺が首を捻《ひね》っていると、TAは更にこう続けた。

「君、学内メーリングリスト登録してないの？」

学内メーリングリストは主に吉田キャンパスで行われている一般教養の授業に関する情

報を届けてくれる。休講や教室変更の情報がリアルタイムで送られてくるのはありがたいが、自分に関係ない情報まで来るのが玉に瑕《きず》だ。

「いや、登録してますけど……」

第一、新入生はみな入学式後のオリエンテーションで強制的に登録させられているのだ。

俺の先輩たちが沢山留年したとばっちりだ。

俺は携帯電話を確認する。どうも電波が悪かったらしく、メールがセンターで止まっていた。受信してみると確かにメディセンが午後八時から全館ほぼ停電という内容のメールが来た。

「ほぼってのはなんですか？」

「停止したらまずいサーバがあるからね。それは予備電源でどうにかして、あとは切っちゃうってことだよ」

レポートはダラダラ書いたら終わる筈だったが、急《せ》かされると途端に書きたくなくなる。

まだ七時前だったが俺はパソコンをシャットダウンするとメディアセンターを後にした。

そのまま自転車に跨がり、いつもの癖で東大路《ひがしおおじ》通に出ようと思ったら通行止めだった。

どうも道路の舗装工事をしているようだが、東大路に出る通路とグラウンド方面へ行く通路を一緒に直しているらしく、この辺りが完全な行き止まりになっていた。

はいはい、こっちからは出られないわけってね。

俺が仕方なしに自転車のハンドルを切り返すと、何かの山に乗り上げそうになった。

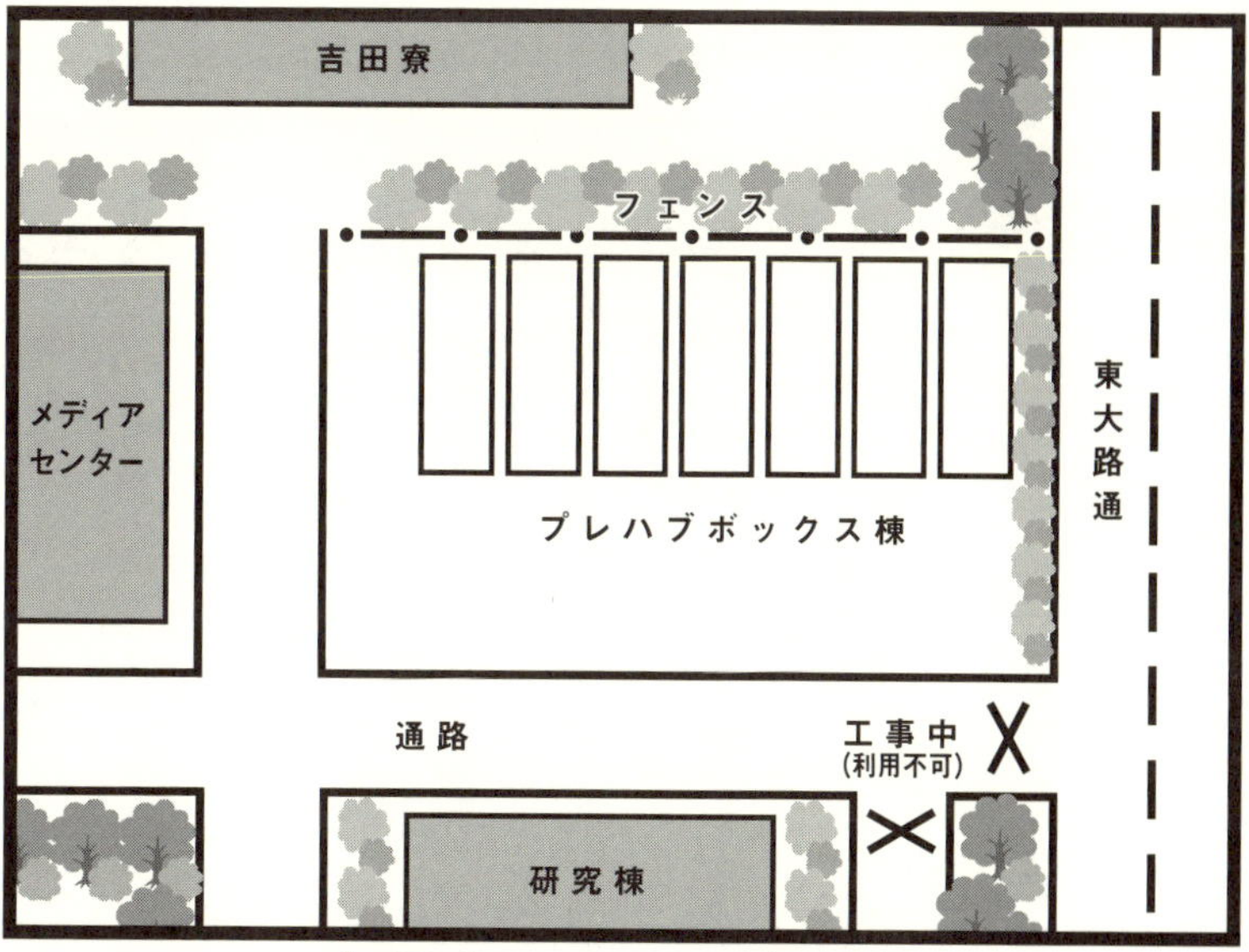
吉田寮
フェンス
メディア
センター
プレハブボックス棟
東大路通
通路
工事中
(利用不可)
研究棟
吉田キャンパス南西部

「……こんなところに何だよ」

どうもそれは何かのセットらしく、目を凝らして見るとベニヤの壁や銀色に塗ったドアが無造作に積み上げられている。

『劇団マペットストアへ　キャンパス内に無許可でセットを設営しないで下さい。こちらで解体しました。後日撤去します　学生課』

ああ、劇に使うセットを解体されたのか。それはご愁傷様だ。流石《さすが》に試験前だから居ないようだが、そういえばこの辺では演劇サークルがよく練習していた。

学校からの締め付けが急激に強くなっているという噂はよく聞く。大学経営的にも学生を放し飼いにしておくだけの余裕がなくなったのだろう。世知辛い世の中だ。確かに三号館なんてナンセンスと言われても仕方ないかもしれない。

一度ならず二度までも帰る邪魔をされたことに何か引っかかるものを感じた。もしかしてこれは真っ直ぐ帰るなと言っているのではないか？

俺はふと三号館のことが気になった。あの蒼馬さんがヘマをする筈もないだろうが、宮地が本当に通報してたらマズいことになる。まあ、今日は謎なんて持ってないし入れる筈もなかろうが。

俺があまり期待せずにプレハブボックス棟の方へ視線を向けると、たった一室だけ明かりが点いていた。しかしこんなに真っ暗な部屋が多いなんて。流石に学生だって試験期間中には遊んでられないということだろうか。

待てよ。あの明かりはもしや……。

俺は左から順に部屋を数える。一、二、三、四……ああ、やっぱり明かりが点いてるのは四番目の部屋、きっと三号館に違いない！

俺はすぐ傍に自転車を停めると、四番目の部屋の前まで行く。そこに例のサクラ色の紙はなく、確信が揺らぎそうになったが、俺はどうにかドアノブに手をかけた。

「おや、いらっしゃい」

中に入ると和装の美女が当たり前のように出迎えてくれた。蒼馬美希さん、偽名でもいい名前だと思う。

「今日はどうしたのかな？」

蒼馬さんにそう言われて、自分がうっかりしていたことに気がつく。

「あ、今日は生憎《あいにく》持ち合わせが……」

勿論、金の話ではない。三号館のお代は謎、だが今日の俺は謎を持っていなかった。

「こうやって来たのも何かの縁、まあお座りよ。どうせじきに看板だったんだ」

「……すいません」

蒼馬さんは温かい言葉で俺の非礼を許してくれた。

もう店を閉めるつもりだったとは。一晩中やっているイメージがあったのだが……いや、まあ蒼馬さんだって人間だ。そういう日もあるだろう。

「あの、蒼馬さんに謝らないといけないことがあるんです」

「何かな？」

「実はポケゼミでここの話をしたら、ある奴が三号館を大学に通報するって言い出しまして……なんか、俺のせいで蒼馬さんに迷惑がかかりそうです。すいません」

「なんだ。宣伝してくれたんだ。謝らなくていいよ」

だが、蒼馬さんは俺の謝罪を軽く流してしまった。そして「ちょっと失礼」と断りを入れてどこからか取り出した携帯電話を操作し始める。おそらくはメールを打ってるのだろう。

「お待たせ。今からおまじないをかけるから大丈夫だよ」

今から？　何をするというのだろう。

「まあ、おまじないが終わるまで軽めのを一杯どう？　試験期間中だからすぐ抜けるお酒にするよ」

「お任せします」

少なくとも酒のことに関しては蒼馬さんに任せておけば間違いはない。

カウンターの向こうで何か瓶を開ける小気味の良い音がしたかと思ったら、ものの三十秒も経たない内に俺の前にグラスが置かれた。いつもは聞こえるシェーカーの音もまったくしなかった。

「御神酒をいかが？」

現れたのは一見、グラスに注がれた黒いビールだった。グラスの上部に美味《おい》しそうに盛り上がっているクリーミーな泡には見憶《みおぼ》えがあった。

「これはギネスビールですか?」

ギネスビールは黒ビールの一種でアイルランドの名物だ。俺もこの間烏丸御池のアイリッシュパブで飲んだが、凄《すご》くコクのあるビールだった。あのコクや泡が癖になる人は癖になるだろうが、反面それが苦手という人もいるだろう。

「半分正解、いや六割正解かな?」

蒼馬さんは笑ってそう答えると、一口飲むように目で催促した。俺は軽く肯《うなず》いて、グラスに口をつける。

……美味《うま》い。

俺は思わず手元のグラスを眺めてしまう。この風味、そしてこの泡……ベースは間違いなくギネスだ。だが、何かが混ざっている。上手《うま》く説明できないが清涼感があるのだ。

二口目は慎重に口の中でテイスティングするように飲んだ。

これは……生姜《しょうが》の香りか?

「……ジンジャーエールっぽいですね」

「ご名答。それが残りの四割だよ」

まるでチップを差し出すように蒼馬さんはカウンターの上に緑色の王冠を置く。『ジンジャーエール』という文字がはっきり見えた。

「ビールとジンジャーエールのカクテル、いわゆるシャンディ・ガフだよ。今回は辛めのカナダドライで仕上げてみたけど、いかがかな？」

俺は煽《あお》るようにして、一気に半分飲んだ。そしてみっともなくない感想をどうにか捻り出す。

「甘すぎないから甘さが引き立つというか……とにかく最高です。けど、ギネスのシャンディ・ガフって珍しいですね」

「そうなんだよ。こんなに美味しいのに定番メニューとして置いている店はほとんどないんだ。だから私はこのカクテルを『名無しのガフ』って勝手に呼んでる」

「そういえばシャンディ・ガフは名前の由来が未《いま》だによく解ってないって何かで読んだことがありますね」

「そう。由来の解らないシャンディ・ガフの、更に名前のついてないバリエーションさ。故に名無しのガフだよ」

いつの間にか蒼馬さんの手にも黒い液体の注がれたグラスがあった。

「私も一緒に一杯やらせて貰おうかな」

「勿論です」

「では、乾杯」

蒼馬さんのグラスに自分のグラスを触れ合わせるのが、俺には後ろめたい行為のような気がした。俺がそろりと自分のグラスを突き出すと、蒼馬さんはグラスを軽くぶつけてきた。

だが、耳に心地よい筈の音にノイズが混じった。どうも外の音らしい。

「何だか外が少し騒がしいですね」

別に人の話し声がするとかそういうのではないが、やや控えめな「ズシン」とか「ガシャン」とかそんな感じの音が聞こえてくる。実際、心なしか店内も揺れてる気がする。

「……巨人でも歩いてるんですかね？」

「なに、小人さんが働いてるんだよ」

俺の下手な冗談に蒼馬さんは意味ありげな言い回しで返した。

「もしかして三号館の話をしちゃったこと、まだ気に病んでるのかな？」

「まあ……」

元々は三号館の秘密を知りたくて御園生教授に話したのが原因だ。俺の悪趣味な好奇心が招いた事態、申し訳ない気持ちしか湧いてこない。

「どうせ物事には終わりがあるんだし」

蒼馬さんは軽やかに言ってのけたが、俺はその表現に何か引っかかりを感じた。

「もしかして店を閉めるんですか？」

「まあ、ここまでやってこられたのが奇跡みたいなものさ」

蒼馬さんなら軽やかに否定してくれると思っていた。俺の心配なんて杞憂《きゆう》だと笑い飛ばして欲しかった。

「君にはあまりピンと来ない話題かもしれないが、自由の学風で知られたこの大学も法人化の波をモロにかぶっててね」

「それはまあ、色々と噂は聞いてます」

「一ヶ月単位で誰も使わない部屋を探し当て、引っ越しを繰り返してきたけどね。まあ、綱渡りさ」

そうだ。そういえばこの店のカウンターの角には『TRIAD』という文字が刻まれている。俺はつい『TRIAD』の意味を訊ねそうになったが、知りたいことは他にも山ほどあった。例えば蒼馬さんの背後に並んでいる酒瓶には様々な筆跡で名前が書かれている。きっとボトルキープというやつだろうが未だに他の客とは会ったことがない。

「ちょっと待って下さい。もしかして三号館って月ごとに引っ越してるんですか?」

「だいたいはそうだけど……言ってなかったっけ?」

蒼馬さんは蠱惑《こわく》的な表情ですっとぼけてみせる。青河さんがいなかったら恋に落ちてるところだ。

「流石に毎日引っ越したりはしないよ。面倒だからね」

「いやいや、騙《だま》されませんよ。俺、何度もキャンパスの中を捜しましたもん」

一時期は砂漠で水を求める旅人のように夜の吉田構内を徘徊《はいかい》したのだ。一度行った場所でも営業してないか確認した。今更やってたと言われても納得ができない。

「そうだね……君は今日、どうしてこの店がやってるって解った?」

「それは……明かりですかね。三号館の明かりってなんだか他と違う気がするんですよ」

俺がそう言うと蒼馬さんは我が意を得たりという表情で微笑む。

「ウチの照明は特別だからね。目印代わりになるようにしてあるんだ」

では俺が毎度三号館の明かりに引かれるのも偶然ではなかったのか。

「けどね、実は照明の色や看板の出し方を日によって変えてるんだよ。人間って面白いもので少し目印が変わるだけで見慣れたものが意識から消えるんだ。だから君が必死で捜してる間にも三号館は営業してたってわけ」

蒼馬さんからタネ明かしをされても、そんな理由で三号館を見落としたというのは納得いかない。いや、これが御園生教授から聞かされる話なら素直に信じられたのだが。

「けど、それぐらいのことで見落とすなんて……」

「そう？　君は今日、そこのドアを開ける時に少し不安になったんじゃないかな？　サクラ色の紙がないから」

「……それはそうなんですが」

「君は無意識の内に、サクラ色の紙が貼ってないドアを三号館の入り口と思わないようになってたんだよ」

そうか。これもまた錯覚なのだ。

「もう一つ、極端なパターンを教えようか。三号館には外部へ照明を一切漏らさない日もあるんだ。けど、お客さんは来る」

「明かりを点けなかったら、存在すら解らないのでは？」

「そうでもないよ。例えば夜にキャンパスを歩いてて、ある階に一部屋だけ明かりの点いてない部屋があったら引っかかるだろ？　それを目印にするお客さんもいるということさ」

そう言われるとそうかもしれない。が、よくよく考えると新たな疑問が生じてきた。

「けど、それだと俺が謎を抱えていても来店できなかった可能性があるってことになりませんか？」

「それを言うなら最初の一回は偶然だったよ」

「四月のは偶然だったんですか？」

「私だって魔法使いじゃないんだ。けど、君の二回目から四回目の来店については必然だよ。まあ、みなまで説明しないけど」

蒼馬さんはそう嘯《うそぶ》いてみせた。肝心要《かなめ》の謎をぼかされた感じだ。この説明ではそれこそ魔法ではないか。

「けど、そもそも人目に触れずにどうやって引っ越しをしてるんですか？」

結局、つい無難な質問をしてしまった。

「まあ、小人さんが運んでくれるとだけ言っておくよ」

秘密めかしたウインクで誤魔化されてしまったが、なんとなく『協力者』が学内に何人も……場合によっては何十人もいるのではないかという気がしてきた。

「とはいえ、摘発されて終わるなんて間抜けじゃないか。終わる時はもっと派手に終わらせるよ。それにもう手は打ったよ。というか、たった今打ち終わったんだけどね」

蒼馬さんは意味ありげに笑うと、名無しのガフを飲み干した。


三号館を出ると、まだ午後七時半だった。入る前と変わらず、並びのプレハブには明かりがない。やはりみな勉強しているのだろうか。だが酒も入っており、すぐにアパートに帰る気になれなかった俺は吉田寮に足を運んだ。

吉田寮は吉田キャンパスの南側にある築約百年の木造寮だ。まあ、廃校になった田舎の学校を想像して貰えればいい。住むには勇気がいるがその分家賃がべらぼうに安い。東横が何を思ってここに住もうと思ったのかは知らないが、その一点だけでも尊敬に値する。

正直、決して快適な場所とは言いがたいのだが、あそこには東横が住んでいる。プレハブボックス棟とは目と鼻の先、移動に一分もかからない。

寮の部屋を訪ねた俺を東横は喜んで迎え入れてくれた。

「試験勉強ばっかで飽きてたところだ。何か格ゲーでもやろうぜ」

この寮のいいところの一つはゲーム機と筐体《きょうたい》で埋まった遊戯室だ。最新ハードこそないが、歴史のふるいにかけられた名作ばかり揃っている。気晴らしにはもってこいだ。俺と東横は空いてる筐体の前に座り、対戦を始めた……。

そして、それは八時半前に起きた。俺が東横とゲームに興じているとどこからかこんな叫びが聞こえてきた。

「おい、火が出たぞ！」

耳にした瞬間俺たちはゲームをやめ、すぐに寮の外に飛び出した。てっきり吉田寮が燃えているのかと思ったからだ。

だが、外に出てすぐにそれが誤解だと気がつく。何故なら煙が上がっているのはあのプレハブボックス棟だったからだ。

「蒼馬さん！」

俺は東横を置いてメディセンとプレハブボックス棟の間を駆け抜けると、祈るような気持ちで左から部屋を数える。
一、二、三、四……四番目。間違いない、三号館だ！

そこから無我夢中で消火活動を手伝った筈だが、あまり記憶がない。

幸い発見が早かったのもあって、一部屋を焼くぐらいの小火《ぼや》で済んだ。吉田寮の住人や構内に残ってた学生たちで協力して、どうにか鎮火することができた。俺もバケツリレーを手伝ったような気がする。

今回の火事で一つ救いがあるとしたら死傷者が出なかったことだ。火の出た部屋からは誰も発見されなかった。

だが、俺は素直に喜べなかった。何故なら部屋の中には人どころか、三号館に関する一切の備品が無かったからだ。酒瓶、グラス、カウンター……どれもすぐに持ち出せるものじゃない。まるで煙とともに消えてしまったかのようだ。それどころか、さっき飲んだ記憶が俺の錯覚だったんじゃないかとさえ思える。

俺は本当に後悔していた。あの時、はぐらかされるとしても本当に訊《き》きたいことを訊くべきだった。

蒼馬さん、あなたは一体何者なんですか、と。

今日は七月二十二日、火事からもう六日が経っていたが俺は未だに諸々《もろもろ》から立ち直れないでいた。

三号館が消えたのもショックだったが、それに加えて受けたテストの感触がどうも思わしくない。試験範囲を満遍なく勉強すれば別のテストにしわ寄せが行き、それが厭でヤマを張ると見事に外れるといった具合だ。何をしても上手くやれる気がしない。

英語はともかく、どうして第二外国語なんて取らなければならないんだ……新しい言語体系を一から学ぶのがこんなに大変とは思っていなかった。おまけに文系は最低二年は学ばないといけないいなんて……。

気がつけば湧いてくるのは大学のシステムへの不満ばかり。それでもスポンジみたいになった脳からどうにかレポートの文面を絞り出し、へろへろになりながら学生課に提出したところで誰かに声をかけられた。

「なんや死にそうな顔してるなあ。誰かと思ったわ」

御園生教授だった。普段は研究室でしか会わないから何だか新鮮だ。

「いや、その……色々ありまして」

俺が言葉を濁すと、教授は何かを察したような表情でこんなことを言った。

「まあ、三号館燃えてしもうたもんな」

「え？」

「いや、君がボックスの四番目の部屋が三号館やって言うてたからな。もしホンマにあったんやったら火事があったのも四番目やしドンピシャやなって」

「そんなところです。けど先生こそ、吉田で珍しいですね」

「ん、あのおばちゃんから呼ばれてな」

そう言って御園生教授はカウンターの向こうにいる例の中年女性へ顎《あご》をしゃくった。

「よう解らん書類にサインしに来いって。まあ、文学部は近所やからええけど、北部の先生とか大変やろうな」

「というか、あの人と関わるだけで大変ですよ」

先週の記憶がフラッシュバックした。どう考えてもあそこまで言われる理由が解らない。

そんなことを思っている俺に教授が冗談めかした顔でこう言った。

「……ここだけの話やけどあの人、僕が学生の時からおばちゃんや。論理的に考えて、きっと生まれた時からおばちゃんやったに違いないで」

大学教員としてはかなりの問題発言だったが、そのふざけた物言いに少しだけ溜飲《りゅういん》が下がるのは確かだ。

俺は教授のジョークに遠慮がちに笑い、そして……直後にとんでもない失態を思い出した。

「ああ……」

火事のどさくさで頭から抜け落ちていたが、教室の使用申請書を学生課に提出するのを忘れていた。これから例会があるのになんてことだ!

あまりの失態に俺は思わず膝《ひざ》から崩れ落ちる。

「おいおい、急にどうしたんや」

「実は教室使用申請を忘れてまして……これから会議なのに」

今期はサークル活動に熱を入れすぎて勉学が疎《おろそ》かになったのは認める。だが、とうとう大事にやってきたものまで駄目になってしまった……みんなになんて言えばいいんだろう。

「……なんや、あるやん。確か、賀茂川乱歩って君のサークルやろ?」

「え?」

教授の指した例のホワイトボードには賀茂川乱歩の文字があった。おまけにちゃんと南棟11教室の欄に収まっている。

「世の中には悪い錯覚もあれば、ええ錯覚もある。ええ錯覚は素直に喜んどこうや」

そう言って御園生教授は俺の肩を叩いた。

「なあ遠近君、どうせ試験が思ったようにできなくて疲れてるんやろ? 先輩のノートや過去問でちゃんと対策してるのになんでって顔に書いてあるで」

俺は思わず教授の顔を見つめてしまった。完全にその通りなのだが、何故そんなことが解るのだろう。

「答えは至ってシンプル、何故なら今年の般教《ぱんきょう》が去年よりキツめになってるからや」

「え？」

「学生にあんまり単位を簡単にやるなっちゅう圧力が上の方からかかってな。お陰で今年は難しくしてある。だから楽勝って聞かされてた新入生はみんな変な劣等感に悩まされてる筈やで」

「……それも一種の錯覚なんですね」

「所詮《しょせん》、経験というのは個人的なものや。自分の経験は決して他人の経験とは正確には比べられへん。他人の経験は参考にはなっても、物差しにしたらアカンわな」

こうして見ると、御園生教授は教育者という気がする。

「どうせ時間割を楽勝科目でギッチギチに詰めてるやろ。適当に捨てるテスト決めて、自分の取れそうなテストだけに打ち込んだらまだ間に合う。毎期そこそこ頑張ったら卒業できるようにしてあんねんから」

「はい」

あまりにまっとうすぎるアドバイスに俺はただただ肯くことしかできなかった。

「なあ、遠近君。君が行ったと言ってる以上、少なくとも君の中に三号館は存在してるんやろ。それは僕には否定できへん。だから三号館で過ごした過去の価値も自分で決めるしかないんや」

「自分で決める……」

「けど、忘れたらアカンことがある。どんな過去も現在には優先せえへん。あくまで大事なのは今の自分や。過ぎ去った昔を懐かしんで何十年も生きるんは辛《つら》いで」

教授は三号館のことをなかったことにした方が幸せに生きられると言っているのか。多分、それが正解なのだろうが……あれは忘れてしまうにはあまりにも幸せな経験だ。

「ま、好きなだけ悩んだらええ。僕はそろそろおばさんが怖いからこれで。また明日な」

「はい、また明日」


教授に別れを告げた俺は学生課を出て、賀茂川乱歩の例会に出るべく吉田南総合館の南棟を目指していた。

今日は何人来るんだろうか。まあ、試験中だから少ないだろうな……。

そんなことを思っていたところ、後ろから声をかけられた。振り向くと、そこにはボブカットの聡明そうな女の子が立っていた。

「あ、青河さん」

彼女の名前は青河《あおか》幸《さち》。俺と同じ一回生にしてサークル仲間、そして俺の想い人でもある。

「もう身体はいいの?」

「うん。とっくに大丈夫」

青河さんはこの間の宵々山で倒れて病院に運び込まれたのだが、幸い後遺症もなく無事に退院できたらしい。

「遠近君、なんか疲れた顔してない？」

「え、そうかな？」

そりゃ、元気ハツラツは無理にしても、そこまで疲れた表情をしているつもりはないのだが……。

「……何かあったの？」

青河さんが少し心配そうな表情を覗《のぞ》かせる。その瞬間、これまで我慢していた言葉が出てしまった。

「ごめん」

「え？」

「三号館、俺のせいでもう行けなくなったんだ」

俺はそう前置きして、ここまでの経緯を話した。

「それで参ってたんだ」

青河さんは真面目な顔で話を聴いてくれていた。それでも吐き出し足りない気がして、俺は大きなため息と共にこう言った。

「それだけじゃない。御園生先生の授業を受けたせいで、すっかり自信がなくなったんだ。

なんだかこれまでがたまたま上手く行ってただけなんじゃないかって」

「弱気にならないの！」

青河さんが珍しく強い口調でそう言った。

「ねえ、遠近君。もしかしたらその御園生先生の言う通り、遠近君は錯覚によって三号館の存在を過大評価しているのかもしれない。けど、三号館やあなたの存在が私やサークルの他の人を救ってきたのは事実でしょう」

「……そうかな？」

「それに……もしみんなが一緒に同じ錯覚を共有してるのなら、それはもう本当と同じことじゃないの？

私は三号館と蒼馬さん、それと遠近君を信じるよ」

不思議だった。その言葉を聴いた瞬間、活力が湧いてきたのだ。

他の人間に信じて貰えなくてもいい。他ならぬ青河さんが信じてくれさえすればそれでいい……だから青河さんのために三号館焼失事件を解いてみようと思えた。

「青河さん、明日少し時間あるかな？」

「うん。三限に少しテスト受けたら、四限は丸々空いてるけど……」

「だったら明日一緒に現場を調べて欲しい。俺一人だと見落としそうなんだ」

申し出はすんなり口から出てきた。この大胆さがあればデートの誘いももっと簡単だったろうに。

「解った。じゃあ明日の二時、メディアセンターの前でどう？」

俺は肯く。現場に行くまでにクリアにしておきたいことがいくつかあるが、どうにかなるだろう。

「あ、もうこんな時間。例会に遅れるよ」

時計を見た青河さんにそう言われて、頭から例会のことが飛んでいたことに気がついた。

「ほんとだ。急ごう」

俺は新たな決意を胸に青河さんと歩き始めた。


「お前、まだウチの寮に慣れないのか？」

前を歩く東横が少し呆《あき》れたような口調でそう言った。

「んなこと言われても不安になるんだよ」

もう十数回目の訪問だが、未だに歩いていて床が抜けないか心配になる。まるで四ヶ月かけて黒ひげ危機一発をやっている気分だ。

「それにしてもいきなりだな。三号館について詳しい人を紹介しろだなんて」

そもそも俺が三号館に入れたのは東横経由で噂を聞いたのがきっかけだった。なら他の客に当たれば三号館の謎や蒼馬さんの消息を摑《つか》めるのではないだろうかと考えた。それで俺は例会が終わってすぐ、東横に頼み込んだのだ。

「心当たりは何人かいるが、一番詳しそうなのは古株の天一坊さんだな」

「それ、本名じゃないよな?」

「そりゃそうだろ。ただの通り名だ。未来のノーベル賞候補だって吹いてるけど研究してる気配はないし、そもそもあの人はまだ学部七回生だった筈だ」

つまり三留してるということだ。まあ、まともな学生ではないだろう。

「ただ長くいる分、そういう話を訊ねるにはうってつけってことか」

「そうだ。色々なことを知っている人だからな。去年、俺に『錯覚の科学』を『御園生教授は面白い人だから』と薦めてくれたのも天一坊さんだ。けど、麻雀《マージャン》中だろうから待たないといけないかもしれんぞ」

俺は東横の後について老朽化して変な踏み心地の階段をおっかなびっくり上り、二階の廊下の奥を目指す。

「ここだ」

東横が立ち止まったドアの向こうからはジャラジャラと牌《パイ》を交ぜる音が聞こえてくる。まさに対局中らしい。

東横も緊張するらしく、なかなかドアに手をかけようとしない。俺は焦《じ》れて、挨拶《あいさつ》の言葉を喉《のど》に溜《た》めながらドアに手をかけた。

「……失礼します」

俺がガラガラとドアを開けると、麻雀を打っていた男たちがこちらを見た。

その瞬間。

奥側に座っているスキンヘッドの大男が牌を山からさっと取った。そして何事もなかったかのように俺たちにこう言い放つ。

「おう、オーラスだからちょっと待ってろ」

あれ、イカサマってやつじゃないのか……というか、もしかして今のに誰も気がつかなかったんだろうか……。

「……あの厳《いか》つい人が天一坊さんだ」

東横が俺の耳元でそっと囁く。だが俺の頭は今のイカサマのことで一杯だった。

ほどなく天一坊さんの口から「ツモ」の声が漏れる。

「ゴミ手で悪いな。これでラストだ」

俺が天一坊さんを眺めていると、天一坊さんの方もニヤリと笑いを返した。

「そこのお前ら、打ちに来たのか？　この卓は点一だぞ」

俺と東横は揃って首を横に振る。天一坊さんがやったのは間違いなくイカサマ、素人に勝てる筈がない。

天一坊さんは軽く肯くと、他の三人にこう言った。

「勝ち逃げみたいで悪いけどお客が来てるから、また今度な」

負けたと思われる三人は俺たちの方には眼をくれず、さっさと部屋から出て行った。どうも天一坊さんの一人勝ちだったようだ。

俺はそそくさと卓に歩み寄り、自己紹介を済ませる。

「ああ、お前が東横のツレか。俺は天一坊、点一の麻雀と天一のこってりを愛する理学部七回だ」

それで天一坊かよ！　そんな安直な……。

「ところでさっきのサマ、見てたよな？」

「……はい。けど、何をしたのかよく解らなくて」

俺が正直にそう告げると天一坊さんは満足気に笑った。

「そうだろうそうだろう。俺のサマは芸術だからな。ついでにちょっと解説してやろうか。麻雀は解るか？」

「いえ、用語もさっぱりで……」

「じゃあ、ちょっとだけ丁寧に説明してやるか……トランプはシャッフルすればおしまいだが、麻雀は交ぜた上で牌を積まないといけない」

そう言って天一坊さんは二枚の牌を上下に重ねた。

「この二牌の組を一幢《トン》っていう。これを一人当たり十七並べて山を作らなきゃならんのよ」

天一坊さんは話しながらがっと手元に牌を寄せ、ものの数秒で山を作ってみせた。そして手近から牌を集めて立てる。

「さっき俺がやったのはぶっこ抜き、いらない牌を山の左端に置くのとほぼ同時に山の右端から牌を持って来る。こんな風に」

瞬間、天一坊さんの手が閃《ひらめ》く。一瞬、牌が増えたり減ったりしたが、注意深く見ていないと解らなかっただろう。ドアを開けた時に俺の目に見えたのはたまたまだったようだ。

「今やったのは二幢のぶっこ抜きだ。十七幢もあると二幢の増減は誤差の範囲だし、三人が俺の手元や山を見てない限りはまずばれない。まあ、さっきはお前たちがやって来た瞬間に隙ができたんだが」

「『人間は同時に二つのことはできない』ってわけですね」

「よく解ってるじゃないか、新入生。俺は腐ってもサイエンティストだからな。極めて科学的に勝ってるんだよ」

天一坊さんはカカカと笑った。かなり上機嫌だ。これなら話も引き出しやすそうだ。東横もそれを察したのか、すかさず本題に入る。

「あの、天一坊さん。学校の中にあるバーの話なんですが、もう少し詳しく聞かせてくれませんか?」

「ああ、三合会《さんごうかい》のことか? お前も物好きだな」

いきなり引っかかった。

「三合会? 三号館じゃなくてですか?」

そもそも三合会は中華系の秘密結社の名前だ。天・地・人、三つの要素が調和する様を指して三合会と名付けられたという話だが、俺もそこまで詳しいわけではない。

「三合会だよ。まあ、当然ながらいわゆる三合会とは違う。名前だけ借りた別物だと思ってくれ」

「けど吉田の構内にはバーがあって、そこではどんな謎も解決できる……それが三号館だって話を東横から聞いたんですよ」

そう言った俺を天一坊さんはジロリと見た。

「そうか、目当てはそっちか……」

それはいくらか失望したような口調だった。てっきり怒ったのかと思ったが……。

「いや、誤解するなよ。三号館がないとは言ってねえ。ただ、それは俺より下の世代の間で共有されてる都市伝説だよ。三号館の噂ぐらいは小耳に挟んでる。ただ俺は行ったことないし、どこかの馬鹿が三合会を真似したんだと思ってた」

「そう、なんですか?」

三号館の話を聴こうと思っていたのにいきなりあてが外れてしまった。

「ああ。それにしても東横、お前も粗忽《そこつ》だな。大方、俺の話した三合会の話と、他の奴が話した三号館の話をごっちゃにしたんだろ?」

「……面目ないっす」

東横がバツの悪そうな顔で謝る。

「で、どうする? 三号館の話してる奴んとこ行くか? それとも一応、俺の話聞いとくか?」

「一応なんてとんでもないです。三合会の詳しい話を聞かせて下さい」

俺が真面目にそう言うと、天一坊さんは照れたように笑った。

「お前、年寄りを満足させるには昔話をせがむのが一番って解ってやがんな。東横、お前も見習えよ」

しかしこれは社交辞令なんかではない。事実、俺は既にある手応《てごた》えを感じていた。根拠は三号館で見かけたあの『TRIAD』という単語……意味を調べると真っ先に出てくるのが秘密結社であるところの三合会なのだ。

三号館と三合会、決して無関係ではなさそうだ。

天一坊さんはしばらく思案していたが、やがてゆっくりと語り始めた。

「昔な、地下教室の一つを丸々バーに改装した馬鹿たちがいたんだよ。バブルの頃に作られたという説もあれば、戦争が終わった後にはもうあったという説もある。真偽のほどは俺も知らん。ただ、五年前にはまだあった。味のある木製のカウンターとずらっと並んだ酒瓶……あれはどんなに金を積んでも再現できないだろうな」

つまり今はもうないということだ。

「三合会のシステムはシンプル、解決できない問題に出会って困ってる会員が掲示板にサクラ色の紙切れをピンで刺すんだ。それが三合会を開く合図で、掲示板を見た暇な会員が集まってその謎を肴《さかな》にして飲む。勿論、飲んだくれてばっかりの会員もいるが、やっぱり頭のいい連中が何人か集まると解決しちゃうわけだ。

不思議な謎だったけどこういうことだったのかで済む問題もあれば、どうやって解決したらいいのか解らない現実的な問題もある。けど、そういう時は教員や職員のメンバーが無理のない範囲で力を貸してくれる……だから大概の問題は三合会に持ち込めば解決したんだよ」

「学生だけの会じゃなかったんですか？」

「地下教室一つの占有は学生の力だけじゃ不可能だよ。実際は職員と教員の努力によって隠蔽《いんぺい》され続けたというのが正しい。というより、職員や教員もほとんどＯＢだったって話なんだがな。学生・職員・教員、その三つが互いに協力しあうことで成立する。故に三合会ってわけだ。中には気取って『トライアッド』って呼ぶ奴もいたがな」

　おおらかな時代もあったものだ。今では絶対に考えられない。

「けど、もうないんですよね？」

　俺がそう言うと天一坊さんはフィラメントが切れたみたいに暗い顔になった。

「五年前の今ぐらいの時期に誰かが学生課にタレコミやがったんだ。二度と馬鹿な真似ができないようにって、職員たちが三合会の備品を差し押さえに来やがった。あれさえなけりゃな……懐かしい夢物語だ。今でも大学で元会員とすれ違うことがあるんだが言葉を交わしさえしない。俺も向こうもお互いに気まずいんだ」

　俺は確認しておかないとならないことを思い出した。

「実は俺、三号館に四回ほど行ったことがあるんですけど……あそこのカウンターの角に『TRIAD』って文字が彫られてたんですよね」

「角って……マジかよ！　それ、三合会のカウンターじゃねえのか？」

天一坊さんは俺の肩をがしっと摑むと、怖いぐらい真剣な目で俺を見つめてきた。

「おい、三号館ってどこでやってんだ？」

「いや、そこのプレハブボックス棟です。メディセンの横の」

俺がそう答えると天一坊さんは今度は肩をばんばん叩いてきた。

「なんだよ。そんなとこで営業してたのか。何も寮のすぐ傍でやらなくても……かー、灯台もと暗しかよ！」

口調こそ悔しそうだったが、そのリアクションには嬉しさがにじみ出ているような気がする。まあ、無くなったとばかり思っていた大事な場所がどこかで続いていた感覚は俺にだって想像がつく。

「俺のボトルまだあんのかな？」

「タグのかかったボトルはそれなりにあったので、もしかしたらあるのかもしれません」

「おし、俺のボトルちょっとなら飲んでいいぞ。そん代わり、俺も連れてけ。な？」

俺は憂鬱《ゆううつ》な気持ちになる。三号館の焼失について語らなければいけないというのもそうだが、何より天一坊さんをぬか喜びさせてしまうことが厭だった。

「いや……ついこの間、燃えちゃったんです。跡形も無く……」

「跡形もない？　そいつは傑作だ」

だが天一坊さんは特に残念がる様子もなく大笑した。だが俺には唐突な笑いの理由が全く解らなかった。

「……まるであん時と同じじゃねえか」

笑い止むと、天一坊さんは真面目な顔でそう呟《つぶや》いた。

「さっき話した三合会の最後だけどな、本当はとっておきのオチがあるんだ。職員たちが三合会の開かれていた地下教室に踏み込んだ時にはもう、教室内からは一切の備品が跡形も無く消えてたそうだぜ。タレコミから小一時間しか経ってないってのにな」

それではまるで、三号館が消えたのと同じ状況ではないか！

「実際、重くてデカいカウンターやら、割れやすい沢山のボトルをどうやって運び出したのかは解らんが、なかなか胸のすく話だろ。三合会はタレコミによって終わったが、三合会が存在した証拠の一切は消え失《う》せ、お陰で会員はお咎《とが》め無しで済んだよ」

五年前の件と今回の件にどこまで関連があるのか解らない。だが、サクラ色の紙や『TRIAD』の文字のことを考えると何か関係がある筈だ。あの事件を解決するヒントぐらいは摑めるかもしれない。

天一坊さんはひとしきりあれこれと消失事件の詳細を語った後、過去を懐かしむような顔でこう結んだ。

「誰がどうやったのか解らないが、なかなかに粋《いき》な奇跡じゃねえか。そう思わないか、お前ら？」

翌日、二十三日の午後一時過ぎ、俺は吉田キャンパスのグラウンド脇にあるサークル棟に足を運んでいた。五月に三号館があった場所でもあるが、当然のようにその痕跡《こんせき》はどこにもない。

情報収集の結果、プレハブボックス棟の焼けた部屋は本来ミステリ研に割り当てられていた場所だそうだ。当然、現場に入るために関係者の許可が必要だ。それでウチの会長の千宮寺さんにお願いして、ミステリ研の編集長に取り次いで貰ったのだ。

もしかしたらミステリ研の人間なら三号館がプレハブボックス棟に間借りしていた経緯も知っているかもしれない……俺がそんな期待を抱きながらミステリ研のドアをノックすると、中から咥え煙草の金髪の女性が出てきた。黒いTシャツにテカったパンツはまるでパンクロッカー、美人だとは思うが目つきの悪さとファッションのせいでおっかなさが先に立つ。すぐそばの軽音部でバンドやってると言われた方がまだしっくり来る。少なくともミステリ研のイメージとはかなりかけ離れていた。

「あ、あの、賀茂川乱歩の遠近です」

彼女は俺を値踏みするように眺めると、煙草をコンクリの床に落として踏み消した。そしてようやく口を開く。

「……お前が千ちゃんの後輩か」

俺が肯くと、彼女はドアを大きく開けて俺を迎え入れてくれた。

「その辺に座っとけ」

そう言いながら彼女はデスクの上に乱雑に置かれていた辞書類を三冊どさどさと重ねると、筆記用具と一緒に脇にどかして卓上にスペースを確保する。そして冷蔵庫から緑茶の入ったペットボトルを取り出すと、紙コップに注いで俺の前に置いた。どうやら試験勉強していたところらしい。

「あたしが編集長の瓶賀《みかが》だ」

そう、瓶賀さんだ。てっきり男だとばかり思ってたのに……東横も千宮寺さんも肝心なことを言ってくれないのだから。あの二人、案外似たもの同士だぞ。

「そういえば面浦さん知ってるか？」

「ええ、知ってますよ」

知ってるも何もついこの間の宵々山の日にあんなことになったのだが。

「実はここ十日ぐらい連絡が取れないんだよな。いや、あの人の勝ち分を預かってるだけだからいいんだけど」

その原因には深い心当たりがあったが、とりあえず俺は首を横に振った。というか、この人が面浦さんの麻雀仲間だったたらしい。

「まあ、お前には関係ないことだったな。それで何が知りたいって？」

「まず、プレハブ部屋の方の使用状況を教えていただけますか？」

「あのプレハブボックス棟は先月の頭ぐらいにできたんだ。このボックスもかなりガタが来てるからな。雨漏りする上、エアコンもねえ。ここをぶっ潰《つぶ》して新しく建て替えるから、しばらく仮設で我慢してくれって言われりゃ、まあ断る理由はないわな」

確かにこのボックスは埃《ほこり》っぽいし、棚には様々な物が溢れんばかりに押し込められている。あちらのプレハブの方が広い上に快適だろう。

「でも、消火活動しながら見た感じでは引っ越し先の部屋の中には物ってほとんどありませんでしたよね？」

「ああ、それは引っ越し作業をほとんどしてねえからだよ。もっぱら舗装工事のせいなんだが」

「ああ、最短ルートが使えないんですね」

このボックスからプレハブボックス棟までの最短ルートは三十メートルぐらいだろう。だが、それは舗装工事で封じられている。

「そういうこった」

瓶賀さんは肯くと新しい煙草に火を点ける。

「学生課からは早々に引っ越しを終えろって言われたよ。けど、最短ルートを封じられたお陰で何百メートルも余分に移動しなきゃならないんだぜ？　おまけにこのボックスの取り壊し日も決まってないって言われりゃキレるよな。『アンタらの都合でこっちが払わなくちゃいけねえ余分な労力はどうしてくれんだ』って怒鳴り込んだら、すぐに引っ越しは舗装工事が終わってからでもいいってことで話がついた。ミクロでしかモノを考えない連中を動かすなんて、ちょろいちょろい」

まさに豪腕。多分、この人は法学部の二回生だろうが、来年以降同じことができる自信はない。

「そういえば、室内には何か机と椅子はありましたよね？」

「ああ、卓と椅子四つ、それと予備の麻雀のセットを置いといたんだよ。ボックスが人で溢れそうになった時に使おうと思ってた。まあ、結局あそこで一回も打たないまま火事で全部おシャカになったんだがな」

「ということは、火事の当日もあの部屋は使用してなかったと？」

「そうだな。どっちみち、あの日は確か八時で停電だって話だったからな。打ってる最中に停電ってのも冷めるし、こっちのボックスで打ってたよ」

ん、何かおかしくないか？

「停電って……プレハブもそうなんですか？　てっきりメディアセンターだけだと思ってましたけど」

俺がそう口にすると瓶賀さんは苦笑で応じた。

「あのな、いずれ取っ払う予定のプレハブにそんな手の込んだことしねえよ。プレハブの電力はメディセンから引っ張ってるんだ。そもそもウチらのボックスもすぐそこの吉田食堂から電気引っ張ってるんだし」

これは重要な事実だ。何より、あの時蒼馬さんがもうじき店じまいだと言った理由にも説明がつく。

「しっかし、たまんねぇよな。夜間の構内立ち入り禁止令、もうじき強行施行って話だ。不審火が起きたのは構内に誰でも侵入できるからだって……元々、夜間立ち入り禁止論者なんて少数派だったのにな。今回の件で浜村、御園生、香取が禁止派を支持するようになっちまった」

御園生教授がそんな人とは思わなかったが、俺が懇願したところで意見を撤回するような人ではないだろう。

「あたしにもう少しコネクションがあったらどうにかして止めるんだけどな」

「法学部二回じゃ限界がありますよ」

俺がそう言った途端、ボックスは妙な沈黙に包まれた。瓶賀さんは怪訝《けげん》そうな顔で俺を眺めている。

「なあお前、千ちゃんからあたしがどんな奴かロクに聞かされてなかったんだろ？」

「そうですけど……なんで解ったんですか？」

「んなモン、最初のリアクション見たら解るよ。驚いた顔しやがってからに」

おお、流石はミステリ研の編集長。

「そんなお前がなんであたしが法学部の二回生だって解ったのか、その根拠を聴かせろよ」

そんなことを言われても、何となく気がついたものは仕方が無いではないか……。

いや、待てよ。俺は瓶賀さんと出会ってからここまでの何かが引っかかって、無意識の内に答えを出していたんじゃないか。その過程を意識的に遡《さかのぼ》ってやれば瓶賀さんの望む答えになる筈だ。

俺は呼吸を整えて、ゆっくりと自分の思考をトレースし始めた。

「まず瓶賀さんの回生ですが……千宮寺さんを千ちゃんと呼んだところから二回生以上、そして面浦さんをさん付けで呼んだことから三回生以下と判断しました」

「で、二回生と思った理由は?」

「少し遠回りするんですが……辞書ですよ」

そう、三冊の辞書。あれが鍵だったのだ。

「瓶賀さんは俺が来た時、辞書のようなものを三つどかしました。あれは語学用の辞書じゃないかと思ったんです。しかし三つというのは妙でした。第一外国語と第二外国語を合わせても二つにしかなりませんから」

「じゃあ、三つ目は?」

「厚さ的に考えて、法律系の本じゃないでしょうか? それで法学部の人かと」

「ああ、民法の本だよ」

瓶賀さんは煙草を消しながら、少し感心したような表情で肯いた。

「けど、それだけじゃ二回生とは断定できんだろ。語学再履の三回生なんて掃いて捨てるほどいる」

「再履の三回生には試験期間中に麻雀してる余裕はないと思いまして……」

瓶賀さんは火事のあった日に麻雀していたと言っていた。勿論、再履覚悟の二回生なら話は別だが、この人からはそこまで自堕落な感じがしない。

「あと法学部だと解ったのも大きいです。面浦さんも法学部生ですが消息を訊くなら俺よりも、学部の三、四回生に訊ねるのが筋だと思ったんです。そこから反対に考えて、瓶賀さんはこの一週間、あまり法学部の授業に顔を出してないんじゃないかなって。だからまだ専門のコマ数の少ない二回生だと思ったんです」

「……思ってたよりちゃんと推理しやがったな」

ああ、そうか……三号館での体験は奇跡的な偶然の産物かもしれないと少し前まで思っていた。だが、蒼馬さんが教えてくれた推理の方法論はちゃんと俺の中で生きている。たとえ三号館が嘘で塗り固められた存在だったとしても、俺の中に今あるものは嘘じゃない。

「……まぐれ当たりで調子に乗るんじゃねえぞ」

瓶賀さんが俺を睨みながらそう言う。まるで蛇みたいだ。

「は？」

「ここはミステリ研だ。作家志望もいるし会誌だって作ってる。校正用の辞書は充実してんだよ」

そう言って瓶賀さんが残りの二冊を俺の前に置く。よく見るとそれは国語辞典と類語辞典だった。

「英語や二外《ニガイ》のテストなんて先週終わってるし、テスト当日でもこんな重いもん持ち歩かねえよ」

そんな瓶賀さんの言葉に俺はつい俯《うつむ》いてしまった。よりにもよってミステリ研の人の前で間違った推理を披露してしまうなんて。

「ただ、過程は面白かったよ。まあ、『その可能性が高い』って材料を組み合わせても真実になるとは限らないってことをよく憶えとけよ」

「肝に銘じます」

「じゃあ、これ渡しとくわ」

瓶賀さんが鍵を俺の前に置く。これで現場に入れということなのだろう。

「事件以来、封印してるから換気には気をつけろよ。あと床が抜けるかもしれないから足元は慎重にな」

意外といい人だ。怖いのは外側だけなのかもしれない。

「勘違いすんなよ。犯人に繋《つな》がる情報手に入れたらこっちによこせ。落とし前をつけさせてやる」

そして睨まれた。やっぱり怖いぞ。

「おら、とっとと行ってこい。一回生が一丁前にくすぶってんじゃねえぞ。若さは馬鹿さだ。痛い目見て傷つくのも仕事の内なんだよ」

瓶賀さんはそう言って笑った。

ああ、そうだ。そうに決まってるじゃないか。

「はい！」

俺は何か大きなものに背中を押されるようにしてボックスを辞去した。


三十分後、青河さんと合流した俺はプレハブボックス棟にやって来た。

「助かったよ。俺だけだとどうしても見落としそうだったから」

「二人でも見落とさないことを願いましょう」

目的の部屋は外から見て火事に遭ったとはっきりと解る色合いをしていた。おまけに部屋のドアにはガムテープで補修した跡がある。どうやら犯人はドアノブの上部の磨《す》りガラスを割り、そこから解錠したらしい。

「じゃあ、開けるよ」

俺は瓶賀さんから借り受けた鍵で解錠する。そして、換気も兼ねてドアを開け放した。

「……思ってたよりはマシだ」

室内には焦げた椅子とテーブルなどが転がっていたが、全体的に煤《すす》けているだけで、案外まともな形を残していた。掃除さえすればまた部室として利用できそうな気がする。

異常がないことを確認すると、俺と青河さんは室内に足を踏み入れた。

「暗いね」

横の青河さんが何気なくそう呟いた。しかし実際暗い。俺は無意識にドアの脇にある照明のスイッチに手を伸ばした。

「おっと」

ススで真っ黒になったスイッチはＯＮになったままだった。

「どうしたの？」

「いや、手が汚れるところだったから……それにこの蛍光灯、壊れてるみたいだ」

実際、中で火が燃えたり、水をかけたりしたのだから無事な方がおかしいか。

「これ、懐中電灯の代わりにならないかな」

青河さんは携帯電話を取り出すと、バックライトで室内を照らし始めた。無いよりはマシな程度だが、何か転がっていたら解る程度には明るい。俺も青河さんの真似をして携帯電話を取りだした。

「よし、手分けして何か変なものが落ちてないか探そう。俺は奥を探すから、青河さんは入り口の方をお願い」

「うん」

そして捜索から三分、青河さんが俺を呼んだ。

「遠近君。これ……」

入り口のすぐ脇、照明のスイッチの真下辺りに焼け焦げた細い棒が落ちていた。爪楊枝《つまようじ》かもしれないが、それにしては角張っている。

「多分、火種として使われたマッチだろうね」

だが残念なことに、他に収穫らしい収穫はなかった。他に落ちていたものといえば散乱していた麻雀牌ぐらいだ。

目も慣れてきたので俺と青河さんは携帯電話をしまい、推理を始めた。

「犯人はここのドアを開けて、火の点いたマッチ棒を投げ入れて逃げたんじゃないのかな?」

「でも遠近君、照明のスイッチはONになってるでしょう。犯人は一度この部屋に上がってる筈よ」

確かに。気を抜くとすぐにこれだ。

「じゃあ、室内の様子を確認した上で放火したことになるね」

「もし犯人が三号館を消すために火を付けたのだとしたらどう?」

三号館を消すためか。怨恨《えんこん》の線は考えなかったな。

「けど、焼けてから備品が運び出されたということはあり得ない。俺は消火活動が終わってすぐに室内の様子を見たからね。その時にはもうこの状態だった」

「つまり放火した時点では三号館の備品はなくて、ミステリ研の備品だけがあった状態ってことね。だったら三号館は無関係でミステリ研への厭がらせ? それとも蒼馬さんが火を付けたとか……」

蒼馬さんが放火犯という可能性は今のところ除外していた。まあ、そうあって欲しくないという気持ちと、火を付ける理由が思いつかないせいなのだが。

「遠近君、他に何か気がついたことある？」

青河さんにそう訊ねられて「特に何も」とは言えない。俺は必死に記憶を呼び覚まして内容のある答えを口にしようとした。

「うーん……まず断言できるけど、ミステリ研の備品は三号館にはなかった」

「蒼馬さんがカウンターの裏に隠していた可能性は？」

「椅子ぐらいはカウンターの裏に隠せたかもしれないけど、机は無理だと思う。いや、椅子だってなかったんじゃないかな。蒼馬さん、カウンターの向こうを自由に移動してたから」

「ということは蒼馬さんは元々あったミステリ研の備品をどこかに移動させた上で三号館の備品を設置して……撤収する際にまた元に戻したってことにならない？」

「だけどあの備品は一時間かそこらで撤収するのは無理だよ。まして人目に付かないようにだなんて」

俺が三号館を出たのが午後七時半過ぎ、燃えてるのを発見したのが午後八時半前だから、どうやっても不可能だろう。

「三号館も四番目、ミステリ研の部屋も四番目……あんな短い時間でどうやって引っ越したんだ……」

ふと気がつくと青河さんが少し心配そうな顔で俺の眼を覗き込んでいた。それ自体は嬉しいが、今の俺はそんなにひどい顔をしていたのだろうか。

「……遠近君、もしかして疲れてる？」

「いや、大丈夫だよ。頭はしっかりしてるつもりだし」

「つもり、ね」

青河さんは小さくため息をつく。どうやら失望させてしまったらしい。俺は慌てて何か言おうとするものの、言葉が浮かんでこなかった。

「遠近君、一度外に出てみて」

俺は青河さんの言葉に素直に従って、外に出た。

「出たよ」

「この部屋が何番目か、数えてみて」

青河さんもおかしなことを言うもんだ。間違える筈なんてないのに。だが、想い人の言うことには逆らえない。俺は素直に数えることにした。

えーと、左から数えて、一、二、三……三番目の部屋だ。それがどうかしたのだろうか……。

「ああっ！」

俺はつい叫んでしまった。

何故、三番目が燃えてるんだ？　三号館は四番目だったよな……。

「やっぱり疲れてたのね」

それにしても……俺はいつ勘違いしたんだ？　あの晩、確かに左から四番目の部屋に入ったし、火が出てたのも四番目の部屋だった筈だ。

「ってことは……まさか」

俺は反射的に隣の四番目の部屋のドアに手をかける。鍵が開いている筈もないのに……しかし案に反してドアは抵抗なく動いた。

部屋の中には何も無かった。本当に綺麗さっぱり……さっきのミステリ研のボックスの方がまだ人が使っていた痕跡があった。

「これ、何だろう？」

続いて入って来た青河さんが屈《かが》んで、何かを拾い上げた。

「……瓶の王冠ね」

その言葉を聞いた瞬間、俺は青河さんの手を握り、王冠を凝視した。そこには『ジンジャーエール』という文字が読めた。間違いなくあの晩飲んだ名無しのガフの材料だ。

「こんなところにいてくれたんだ」

この王冠はまるで蒼馬さんが俺に宛てて残したメッセージのようだった。その気になれば塵《ちり》一つ残さず撤収できたろうに。

「……遠近君、痛い」

青河さんが控えめな声で抗議した。俺は自分の働いた狼藉《ろうぜき》に気がつき、慌てて手を離す。

「ご、ごめん」

俺は青河さんに謝ると、三番目と四番目の部屋のドアを開け放し、両者を見比べる。

そして何度か目線を往復させている内に、不意に三番目の部屋の床に落ちていた沢山の麻雀牌が俺に真相を教えてくれた。

「そういうことか……」

俺はようやく自分の錯覚に思い至ったのだった。

青河さんと別れた俺は『錯覚の科学』の最終回のポケゼミに出るべく、御園生教授の研究室にいた。

本来、試験期間中にこうした授業は行われないが、休講で授業日数が足りなくなったせいだ。まあ、これに出るだけで単位が出るのだからそう悪い話でもない。実際、宮地、小林、谷川の三名もどこか気の抜けた顔をしている。

「御園生先生、実はとても興味深い錯覚の事例を発見したんですけど、ここで説明してもいいですか?」

俺は授業の開始早々、いきなりこんな申し出をした。

「どうした藪《やぶ》から棒に。まさか先週のリベンジやないやろうな? いや、おもろかったらええけど」

「例のミステリ研の新しい部屋が燃えた騒ぎ、あれには錯覚が深く関わっていることに気がついたんです。今期の授業を締めくくるのに相応《ふさわ》しい内容だと断言できます」

大きく出てみたが、こうすれば御園生教授は許可してくれるだろうという確信があった。

「ま、ええやろ、予定変更や。付き合《お》うたろ」

ほら！

「ただしおもろないとアカンからな。みんなも何か気がついたらガンガン突っ込んだり」

教授の言葉に三人は苦笑しながらも肯いた。

「ではまず最初に断っておきますが、あの火事は三号館を狙った犯罪です。それだけは間違いありません」

「えらく断言するな。ミス研への厭がらせちゃうの？」

「その線は薄いです。ミステリ研の編集長からも話を聴きましたが、置いていた備品は机と椅子、それと麻雀セットだけだそうです。しかし現場から特に持ち去られたようなものはありませんでした。それに本当に厭がらせがしたいのなら、今使ってるボックスを狙った方がいいでしょうし」

「だったら単に火を付けたかっただけの放火魔と違う？」

「それなら、わざわざ中に入る必要なんてないんですよ。犯人はドアの上側にはめてある磨りガラスを割ってますから。その隙間から火種を投げ込めば目的は達成されます。故に三号館が目的だったと断言できます」

教授は自分の顎を摘まみながら何事か思案している様子だった。

「ふうん……まあ、言いたいことがないわけやないけど、君の自信に免じて先へ行こか」

「火事のあった晩、俺は七時過ぎに三号館を訪れました。蒼馬さんは俺を迎え入れ、一緒に一杯飲みました」

「例の偽名っぽい人やね」

「それで店を出たのが七時半。その後、俺は吉田寮で遊んでましたが、約一時間後の八時半にプレハブボックス棟の出火に気がつきました。それが三号館だと思った俺は必死で消火作業に当たったったんです」

「ああ、君も火消しを手伝ったんか。やるやん」

「しかし鎮火した後に焼けた部屋を覗くと、三号館の存在した痕跡がなかったんです。それはもうさっぱり」

「残った事実だけが真実や。君が三号館に入ったという話が嘘だとしたら、それで辻褄《つじつま》が合う」

まあ、教授からそう言われることはもう折り込み済みだ。

「しかし、そこに錯覚があったんです。これを見て下さい」

俺は現場に転がっていた麻雀牌の一部をここに持って来ていた。

「これは現場にあったものです」

「それ、雀牌やんか。いくら僕が雀士でも授業中には遊ばれへんで」

「あ、この牌は説明に都合が良さそうということでちょっと借りてきただけですよ」

そして俺は天一坊さんのレクチャーを思い出しながら机の上に七幢のヤマを作る。もっとも、天一坊さんの作るヤマに比べたらガタガタでかなり不格好だったが。

「先生、これ何幢か解りますか?」

「ひのふの……七幢やな」

「ですよね。ところでご存じでしたか? プレハブボックス棟の電源はメディセンから引いてるって」

俺は突然話題を転換させる。勿論、わざとだ。

「いや、知らんかった。みんなは?」

教授が三人にそう訊くと、みな一様に首を振る。俺はさりげなく両手でガタガタのヤマを整えながら、口を開く。

「だからあの日の三号館は八時には閉まってたんですよ。ところで先生、俺の積んだヤマって何幢でしたっけ?」

「そんなん七幢に決まって……」

ヤマを見た教授が言葉を失った。当然だ。いつの間にか八幢になっていたのだから。

「やるなあ。いつ増えたんや?」

「さっき、ヤマを整えるフリをして左手に握り込んだ一幢を足したんです。先生がみんなに水を向けてくれたお陰でやりやすかったですよ」

「原理は単純やけど見事なもんやな。麻雀のプロになれるで」

天一坊さんが教えてくれたぶっこ抜きからの発想だ。

「いや、どうでしょう。プロというのはもっと大きなスケールで同じことをする人を言うのではないでしょうか？」

俺の仄《ほの》めかしに教授は首を傾げる。どうやらまだ答えに気がついていないようだ。

「ちょっと話が見えへんで。あまり良うない発表やな」

話が見えない？　なら最高だ。

俺は皆に向けて最高の一撃を叩き込んだ。

「先生……もし七つあるプレハブが一つぐらい増えてても、解らないと思いませんか？」


俺の発言にみな言葉を失っていた。まあ、普通はそうだろう。

常人にはプレハブが突然一つ増えるという発想がない。だからこそ気がつかないのだ。そう、例の実験で被験者がゴリラを見逃すのと同じように。

「プレハブボックス棟のメディセン側にはスペースがありました。そこにもう一部屋追加したんですよ」

俺が蒼馬さんと乾杯した後に聞こえた音の正体……あれは偽のプレハブを設置している音だったのだ。

火事のあった日、俺が三号館に行く前に自転車で乗り上げかけた劇用のセットだ。あれこそ解体されたセットに偽装された第八のプレハブだったのだろう。

「実際は十数分かそこらで設置されたものですから、張りぼて同然でしょう。けど、暗闇なら充分に騙せます」

「でも、プレハブボックス棟の部屋って七つでしょう。反対側から数えたら解ると思うんだけど」

谷川さんが当然の疑問を口にする。

「いや、あの日はプレハブボックス棟の向かって右側は完全に通行止めだったんだ。だからあそこに行くには必ずメディセン側から入る必要があった。

だったら……暗い中、プレハブボックス棟の四つ目の部屋を目指して来た人間が引っかかるとは思わないかな？」

きっとあれは蒼馬さんが用意しておいた保険……いや、おまじないか。

「ちなみにさっき調べたところ、四つ目の部屋はまだ割り当ての決まってない空き部屋でした。だから三号館が間借りしていても大丈夫だったというわけです。だからあとはゆっくりと三号館の備品をかたづけるだけです。瓶などの小さいものはアリのように運びだせます。まあ、カウンターなどの大きなものは人目のない深夜に運びだすしかないでしょうが……あるいはカウンターも分解できるのかもしれません」

「それで三号館も例の張りぼてももうありませんでしたって？」

「はい」

おそらく第八の部屋は火事の翌朝にはもう消えていた筈だ。でないと種がバレてしまう。

「もう残ってないものをあったと言われてもなあ。証拠がないとにわかには信じられへん。

まあ、発想は買うけど」

「勿論、それはもう証明できません。だけど、現に蒼馬さんの策に引っかかった人間が少なくとも二人はいます」

「二人？」

「俺と……放火をした犯人ですよ。犯人がプレハブボックス棟に不案内な人間だったということは間違いありません」

「なるほどなあ。プレハブを一つ足す……まあ、ウチのアホな学生ならやりかねへん。そこはまあええよ。けど、部屋を間違えたんなら火を付ける意味はないやろ。まして麻雀セットしかない部屋なんか、引き返したらしまいやん」

「ええ。普通はそうするでしょう。けど、状況がそれを許しませんでした」

「状況って何や？」

御園生教授がそう訊ねて肩をすくめる。

「停電ですよ。あの日、メディセンは八時で停電でした。従ってそこから電力を引いているプレハブボックス棟も停電になった……しかし犯人はそれを知らなかったんです」

勿論、俺だって知らなかったわけだが。

「それ、勇み足と違《ちゃ》うん？」

「いや、そこについては断言できます。何故なら、燃えた部屋の照明のスイッチがONになったままだったからです。

まずミステリ研の人が消し忘れた可能性はありません。彼らの来室目的は麻雀だけですし、停電があることも知ってました。おまけに彼らはゲーム中に停電するのを厭がってましたし。実際、俺が三号館に出入りする際もミステリ研の部屋は暗いままでした。

つまり……犯人が部屋を明るくしようとしてスイッチをONにしたということになりませんか？」

ここで「犯人は学内メーリングリストに登録していない人間だ」と一足飛びに指摘できたら楽なのだが、メディセンとプレハブボックス棟の関係を知らなければ意味がないのだからそういうわけにはいかない。

「待って」

谷川さんが手を挙げる。

「火事の後で、ミス研の誰かがONにした可能性はないの？」

「あの部屋は火事以降、封印されてたよ。そしてスイッチはススで真っ黒だった。つまり火事以降誰も触れてないってことになる」

あの時、スイッチに触ろうとして気がついたことだ。あれに気がついただけでも現場に行った価値はあった。

「犯人は三号館の中にあるものを盗みだそうとしたものの、照明が点かなくて断念せざるを得なかった。そこで方針を転換して、盗めだせないなら無くしてしまえとばかりに火を付けた。ここまでいいですか？」

自分にしては割と精度の高い推理をしているつもりだ。だが材料が完全ではない分、勢いに頼っている。どうにか犯人の名を告げるところまで持ち込みたい。

「話にならないな」

これまで黙って話を聴いていた宮地がどこか苛立《いらだ》った様子で口を開いた。

「犯人は放火したんだ。だったら照明として使えるライターなんかを持ってた筈だろ？」

宮地の反論はもっともだ。だが幸いなことに、それは既に検討済みだ。

「現場にはマッチが落ちてた。犯人はマッチを持っていたんだよ」

「いや、それは事実でも……マッチとライター両方持ってる可能性は否定できないだろうが」

「ライターだけはあり得ないんだ」

「何が？」

「ライターなら光源として使用できた。室内の様子を照らすことができたなら、室内にロクにものがないって解った筈だ。翻って……犯人が持っていたのは光源として相応しくない火種だったということになる。だからこそマッチなんだよ。勿論、犯人が何本持ってたかは解らない。けど、携帯用のマッチ箱では室内を捜索するには頼りないだろ？」

宮地が顔を引きつらせた。

「でもさ、マッチを二本か三本燃やしたら室内が目的の三号館じゃないってことは解るんじゃないかな？」

反論の涸《か》れた宮地に代わって小林がそう言う。もっともすぎる反論に隣の谷川さんも肯いていた。

「じゃあ、解らなかったとしたら？」

「え？」

「もし犯人が夜盲症だったとしたら、マッチの明かりじゃ暗過ぎてロクに解らなかったと思うよ」

結論まで急ぎ過ぎているのは自覚している。だがここは押し切って、後で帳尻《ちょうじり》を合わせないといけないところなのだ。

「お前の話は根本的に抜けてる。マッチとか以前に、明かりの問題なんて携帯電話があれば解決するだろ」

宮地の反論でようやく犯人を指名する準備が整った。思ったよりも長い前置きになってしまった。

「だったら……携帯電話を持ってなかったと思うべきだ。そしてそれこそが犯人と俺たちを分ける大きな条件なんだよ。犯人は一人しかいない」

そして俺はその人に呼びかける。

「ねえ、そうでしょう。御園生先生？」

そもそものきっかけは昨日の学生課での発言だ。

教授が俺に三号館が燃えたという話をした時、左から四番目の部屋が燃えたと言った。だが、そんな間違いができるのは実際に現場で火事を見た人間と……火を付けた犯人だけだ。

ただ、その失言についてはいくらでも言い逃れができてしまう。それでも俺が教授を疑うには充分過ぎる材料だ。

そこからは一直線だ。

「確かに先生は携帯電話を持ってないけど、それは飛躍しすぎじゃない？」

小林が教授を擁護する。

「まず先週の授業で御園生教授が煙草を咥えた時のジェスチャーを思い出して欲しい。火を点ける動作をしてたよな？」

「そういえば……こう、何かをこするような動作だったような」

「そうだ。あの動きはライターじゃなくてマッチだ。あの振る舞いがあったからこそ、俺はマッチと先生を結びつけることができた」

「けど、夜盲症と断定するのは……」

「もっとよく思い出してくれ。先生は授業でスライドを出力する時、これまで部屋の照明を消さなかった。先週、俺が申し出てやっと照明を消してくれたぐらいだからな。だけど先生は照明を点ける時は俺に頼んだ。これが決め手になった」

「まさか、本当に暗いところでの視力がないということ？」

谷川さんがそう言って御園生教授を見つめる。すると教授は大きなため息をついた後、ようやく沈黙を破った。

「多分、先生は暗い部屋では上手くスイッチを押せないんだ。それを誤魔化すために俺に頼んだ」

「よう見てるなあ……そうやで。あんま言いたないから言わんかったけど、僕は暗いところではあんまり目が利かんのや」

ここはとぼけても仕方がないと判断したのだろう。実際、この場で照明を落とせば解ってしまうことだ。

「けど、僕が放火犯ってのはいちびりすぎやで。第一、動機がない」

……ここから先は俺にとって賭《か》けだ。何せ、切り札がもうほとんどないのだから。

「さっきも言いましたが、放火だけなら侵入せずともできたんです。故に犯人は室内の中にある何かに用があって侵入したと言えます。そしてこれは後で思い出したんですが……実は三号館で先生の名前が書かれたボトルを見たことがあるんですよ。先生もあそこに縁のある方だったんですね」

勿論、嘘だ。ただ根拠はある。

去年、天一坊さんは東横に『御園生教授は面白い人だから』と言ったそうだ。だが理学部の学生と文学部の教授の接点なんて本来、一般教養の授業以外にない。おまけに御園生教授は去年からようやく一般教養を担当し始めたという話ではないか……だからこそ教授が三合会の会員である可能性が充分にあり得ると思ったのだ。

「君、抜けてる顔してたと思ったけど案外抜け目ないな。まあ、そうや」

認めた！　ひとまず賭けには勝った。まだ最初の賭けだが。

「しかし先生はこの学校では学生への締め付けを推進する改革派です。仮に三号館から先生の名前入りのボトルが押収されたとしたら……それは先生にとってかなり都合の悪いことになりませんか？」

当然のように大学から釈明を求められる筈だ。だがボトルに書いた名前は自筆、そうなれば三合会にいた過去まで遡らなければならない。クビにならないにしても、学内での政治力は失うだろう。

「先生はご自身にとっての破滅の種を回収するためにプレハブボックス棟に不法侵入した。しかし八時からの停電を知らなかったため予定通りの家捜しができず、やむなく放火することで部屋ごと証拠を隠滅しようとした……それが俺の出した結論です。違いますか？」

俺がそう言うと、教授は肩を揺すって笑い始めた。

「おもろいな、遠近君。君は実におもろい」

そして続けて爆笑した。

「確かに筋は通ってる。お話としては見事や。けど、君の話に欠けてるもんがある。それは客観的な証拠や」

こちらも必死だが、向こうも必死なのだ。

「その通りです」

実際、把握している証拠についてはもう打ち止めだ。今更俺にできることはない。

「そういえば先生は学生の夜間立ち入り禁止派を支持するようになったそうですね」

「まあ、あんな付け火があったらな」

だが、一矢報いることはできる。

「本当にそうでしょうか？　俺には現場周辺から一刻も早く余計な学生を排除し、証拠隠滅工作に移りたいという風に見えるんですが」

俺の言葉で教授の顔から笑いが消えた。やはり方向は合っていた。

「……あの日、俺の話を聞いて先生が衝動的にプレハブボックス棟を目指したとしたら、準備する余裕はあまりなかった筈です。もしかしたらうっかり素手で現場を触ってるかもしれないって思ったんですよ」

「現場は消火活動でめちゃめちゃになってるやろ。なんでそんなに焦らなアカンねん」

「消火活動は人力だったんですよ。入り口から室内に水をかけるだけ……ということは入り口側の壁には水がほとんどかからない」

俺の言葉に教授が奥歯を噛《か》みしめた。もはや反論の種が尽きたらしい。

ありがとうございます蒼馬さん。あなたがいなくなっても俺はもうやっていけそうです。

そして俺はとどめの一言を教授に放った。

「もしかするとススまみれになったスイッチから先生の指紋が出て来るかもしれません

ね」

あれからまた数日が過ぎ、三十日になった。試験期間もほとんど終わり、あとはレポートを一つ残すだけだ。あれだけ駄目だったテストも欲張って全て受けてみたが、嘘のように上手く解けた。調子が戻ったというよりは単に慣れただけかもしれないが、まあ自信の回復には繫がる。

御園生教授は警察で事情聴取を受けることになったそうだ。どういう手を使ったのか、瓶賀さんが警察を動かしたらしく、スイッチから御園生教授の指紋が出たそうだ。勿論、指紋が出たから即逮捕というわけにはいかなかったが、その影響で御園生教授の学内の立場はかなり微妙なものになる見込みだ。お陰で例の夜間立ち入り禁止令の導入は見送られた。当分はまだ自由な学校のままでいられそうだ。

ここのところ、俺は毎晩あのプレハブボックス棟の前を通りかかるようにしている。試験期間も終わりにさしかかり、あそこにも明かりが戻って来た。だけど、四番目の部屋だけは依然として暗いままだ。また何食わぬ顔で営業していないかと期待しているのだが、生憎空振りが続いている。

今になって思うと、蒼馬さんが三号館を開いていたのは自由の校風を守るためだったのではないのかと思うのだ。そしてひとまず用が済んだから店じまいしたのではないか、と。

勿論、それは全て俺の想像だ。だが、お陰で誰にはばかることもなく構内で酒が飲めるのは間違いがない。

六時過ぎにプレハブボックス棟の様子を窺《うかが》ってみたが、また空振りだった。流石にこれだけ空振りが続くと喉が渇く。暑いからではない。もう飲めないカクテルの数々を思い出すからだ。

もう蒼馬さんに会えないかもしれないならせめて自分で作れるようになろう……そう思って三号館で飲んだカクテルたちを再現しようとするのだが、どれもこれも上手く行かなかった。

だけど名無しのガフだけは別だ。あれだけは俺でも作れる。

俺は近くのコンビニで買ってきたギネスビールとジンジャーエールの栓を開け、鞄《かばん》から取り出したタンブラーに注ぎ込む。そしてここにいない蒼馬さんに向けて静かに乾杯した。

自分で作った名無しのガフはあの時飲んだ味と悲しいぐらいにそっくりで……なんだか笑ってしまった。そしてすぐに寂しい気持ちになる。

ふと、足元にくしゃくしゃになった紙が落ちていることに気がついた。多分、タンブラーを出す時に落としたのだろう。試験もほぼ終わった今となってはレジュメの一枚や二枚、無くなっていたところで関係ないのだが……俺はタンブラーを脇に置いて、紙を拾い上げると何気なく広げてみた。

その瞬間、一気に酔いが醒《さ》めた。

俺の手にあったのは記入済みの教室使用申請書だった。やはり勘違いではなく、出し忘れていたようだ。だが問題の本質はそこではない……。

気がつけば俺はタンブラーを置いたまま駆け出していた。

完全に盲点だった。申請書に早く気がついていれば……誰が申請を出したのかに思い至っていればとっくに解ったというのに。

そもそも蒼馬さんがどうやって俺の来店を先読みできたのか、もっと真剣に考えるべきだった。

結論から言えば先読みは可能だ。俺が謎を見つけるのは決まってサークル活動中ではなかったか。つまり賀茂川乱歩の活動日に店を開けておきさえすればいい。

例外は火事のあった七月十六日だが……あれは俺がプレハブボックス棟に立ち寄るであろうことを見越しての営業だろう。そう、俺がメディアセンターへ行くことが解っていたのだ。

俺はグラウンドと吉田南総合館の間を駆け抜ける。頼む、間に合ってくれ。

三号館、なんと奇跡的な存在か。大学側に摘発されないように安全な場所を渡り歩き、常連客の生活サイクルを把握する……どう考えても無理な話だが、蒼馬さんがあそこに所属していれば話は別だ。

そう、そうした情報の全てが集まる場所がこの学校にはあるではないか。おまけに俺たちは律儀に活動予定を伝えている！

急いだところでもう閉まってるかもしれない。あるいはとっくの昔に姿をくらましているかもしれない。それでも走らずにはいられなかった。

やがて目当ての吉田南一号館が視界に入ってくる。一階の窓にはまだ光がある！

俺があの人に気がつかなかったのは、こんな場所にいる筈がないという思い込みがあったからだ。やはり御園生教授の授業を受けた今となってはそのメカニズムがよく解る。

俺はラストスパートをかけて学生課に駆け込む。閑散としていたものの、まだ誰か人が残っていた。俺は眼を凝らして彼女の姿を捜す。あのまとめ髪と黒縁メガネを……。

そして俺はカウンターのすぐ向こう側に彼女の姿を見つけた。俺はゆっくりと近づいていき、その人に声をかける。

「……こんなところにいたんですね」

その人はカウンターの向こうから俺に微笑みかけると、こう囁いた。

「御神酒はいかが？」

初出
クローバー・リーフをもう一杯　「小説 野性時代」二〇一三年四月号
ジュリエットには早すぎる　「小説屋 sari-sari」二〇一三年十二月号
ブルー・ラグーンに溺れそう　書き下ろし
ペイルライダーに魅入られて　「小説 野性時代」二〇一四年六月号
名無しのガフにうってつけの夜　「小説屋 sari-sari」二〇一四年七月号

〈参考文献〉

『錯覚の科学』クリストファー・チャブリス／著、ダニエル・シモンズ／著、成毛真／解説、木村博江／翻訳（文藝春秋 刊）

本作の執筆にあたり、グランバール（京都）の竹若信孝さんには、大変お世話になりました。この場を借りて御礼申し上げます。

円居 挽（まどい　ばん）
1983年奈良県生まれ。京都大学推理小説研究会出身。2009年『丸太町ルヴォワール』でデビュー。同作は「ミステリが読みたい！ 2010年版」新人賞国内編で２位、「このミステリーがすごい！ 2010年版」で国内編11位を獲得する。以後、シリーズ作となる『烏丸ルヴォワール』『今出川ルヴォワール』『河原町ルヴォワール』などを発表。今、もっとも期待される若手ミステリ作家。

クローバー・リーフをもう一杯《いつぱい》
今宵《こよい》、謎解《なぞと》きバー「三号館《さんごうかん》」へ

2014年9月30日　初版発行

著者／円居《まどい》 挽《ばん》

発行者／堀内大示

発行所／株式会社KADOKAWA
東京都千代田区富士見2-13-3　〒102-8177
電話 03-3238-8521（営業）
http://www.kadokawa.co.jp/

編集／角川書店
東京都千代田区富士見1-8-19　〒102-8078
電話 03-3238-8555（編集部）

印刷所／大日本印刷株式会社

製本所／本間製本株式会社

ISBN 978-4-04-102245-0　C0093